FUSION FANTASTIC STORY
천성민 장편 소설

짐승의 규칙

5

생(生)과 사(死)

[완결]

도서출판
청어람

CONTENTS

FUSION FANTASTIC STORY

천성민 장편 소설

짐승의 규칙 5

천성민 장편 소설

초판 1쇄 찍은 날 § 2014년 2월 28일
초판 1쇄 펴낸 날 § 2014년 3월 7일

지은이 § 천성민
펴낸이 § 서경석

편집부장 § 권태완
편집책임 § 박은정
디자인 § 이거일

펴낸곳 § 도서출판 청어람
등록번호 § 제1081-1-89호
등록일자 § 1999. 5. 31
어람번호 § 제1-1800호

주소 § 경기도 부천시 원미구 심곡2동 163-2 서경B/D 3F (우) 420-822
전화 § 032-656-4452 팩스 § 032-656-4453
http://www.chungeoram.com
E-mail § chungeorambook@daum.net

Rule *01*

첸의 행방

※이 책 속에 나온 인명·지명·단체명은 작가의 허구입니다. 실제 인명·지명·단체명과 관련이 없음을 밝힙니다.

한윤철은 길게 한숨을 내쉬었다. 첸의 행방을 찾는 일에는 진척이 거의 없었다.

　처음에는 마태진을 통해 해킹한 공항 출입국 기록과 CCTV 영상을 샅샅이 뒤졌다.

　첸이 구룡회에서 파문된 이후부터 지금까지의 모든 출입국 기록이라 상당한 분량이었지만 며칠 밤을 꼬박 샌 끝에 약 보름간의 기록을 모두 확인할 수 있었다.

　그 속에 첸의 모습은 없었다.

　여권을 위조해 공항으로 밀입국하지 않았다는 결론을 내

린 한윤철은 그 후로 인천항 인근의 크고 작은 포구를 뒤졌다.

일본, 홍콩 등 비교적 가까운 곳에서의 밀항은 작은 고깃배로도 가능한 일이었다.

때문에 아무리 작은 포구라 해도 그냥 스쳐 지나칠 수 없었다.

조폭과 연계되어 나름 체계적으로 밀항선을 띄우는 포구도 있었다.

하지만 점조직화되어 있는 경우가 대부분이라 쉽게 찾기도 힘들었다.

두더지와 인천지검에서 근무하는 동기, 최태일 검사의 정보가 없었다면 맨땅에 헤딩하는 것처럼 막막하기만 했을 것이다.

"청산파라……."

한윤철은 나직이 중얼거리며 천천히 주위를 둘러보았다.

고깃배가 두어 척 정박되어 있는 작은 포구였다.

해질녘 즈음이라 조업을 마무리하고 그물을 손질하고 있는 어부 너덧 명이 보였다.

한윤철은 그들 중 왼쪽 뺨에 길게 칼자국이 나 있는 중년 사내에게 천천히 다가갔다.

"저기… 말 좀 묻겠습니다."

한윤철의 말에 한창 그물을 손질하고 있던 칼자국 사내가 일을 멈추고 힐끗 고개를 돌렸다.

하지만 이내 관심 없다는 듯 다시 손을 뻗어 그물 손질을 시작했다.

나직이 한숨을 내쉬며 다시 질문을 던지려는 한윤철의 귓가에 칼자국 사내의 낮은 음성이 날아들었다.

"무슨 일인지 모르겠지만 일 끝날 때까지 기다리쇼."

"……."

말없이 가만히 칼자국 사내를 바라보던 한윤철은 조용히 뒷걸음질로 물러나 조금 떨어진 곳에 있는 구멍가게 밖에 놓여 있는 낡은 비치파라솔 아래에 자리를 잡았다.

"그럼 내일 보자고."

주위가 어둑어둑해지고 난 후에야 일을 마친 어부들이 그물을 짊어지고 몸을 일으켰다.

둘둘 말아 두툼해진 그물을 어깨에 걸치고 두 어부가 어딘가로 사라졌다.

칼자국 사내는 먼지가 가득 묻은 손을 털어내며 천천히 한윤철이 기다리고 있는 비치파라솔로 다가왔다.

칼자국 사내는 한윤철의 맞은편에 풀썩 앉으며 천천히 입을 열었다.

"그래… 무슨 일로 날 찾아온 거요?"

날아든 질문에 한윤철은 곧장 대답하지 않고 가만히 사내를 바라보았다.

칼자국 사내는 어느새 담배 하나를 물고 불을 붙이고 있었다.

칼자국 사내가 길게 담배 연기를 뿜어내자 그제야 한윤철의 입술이 벌어졌다.

"이철영 씨, 맞으시죠?"

짧은 순간, 칼자국 사내의 눈빛이 날카로워졌다.

한윤철은 사내의 매서운 눈초리에 저도 모르게 어깨를 움찔했다.

칼자국 사내는 한 모금 길게 빨아 당긴 담배 연기를 허공에 내뿜었다.

"……."

칼자국 사내는 별다른 말없이 담배만 빨아댔다.

이내 담배 한 개비를 더 물고 불을 붙이려는 찰나, 한윤철의 음성이 다시 날아들었다.

"다시 한 번 묻겠습니다. 청산파 전(前) 행동대장, 이철영. 맞습니까?"

라이터를 든 채 굳어 있는 칼자국 사내의 시선에 멈춘 곳은 한윤철의 손에 들려 있는 검사증이었다. 이내 칼자국 사내는 나직이 한숨을 내쉬며 담배 불을 붙였다.

"무슨 일인지는 모르겠지만 난 이미 오래전에 현역에서 은퇴한 몸이오."

"알고 있습니다."

"그럼 더 할 말은 없겠군. 일어나 보리다. 좀 전에 봤으니 알겠지만 아침 일찍 일을 나가야 해서 말이오."

칼자국 사내는 담배를 입에 문 채로 몸을 일으켰다.

한윤철은 막 돌아선 사내에게 다급히 말을 쏟아냈다.

"인천항 인근의 밀항 루트! 잘 알고 있지 않습니까?"

막 걸음을 옮기려던 칼자국 사내는 짧은 순간 멈칫했다. 하지만 이내 아무렇지 않은 듯, 조용히 말했다.

"난 아무것도 모르오."

"아니, 알고 있을 겁니다. 당신이 이 부근의 밀항선들을 관리하고 있다고 들었습니다만?"

한윤철의 말에 칼자국 사내, 이철영은 날카로운 눈빛을 뿜어내며 천천히 고개를 돌렸다.

일선에서 은퇴했다고는 하지만 이철영은 인천 지역 전체를 지배하다시피 했던 청산파의 행동대장이었다.

언제나 맨 앞에서 조직원들을 이끌던 그의 위압적인 기세는 세월이 지나도 전혀 줄어들지 않았다.

보통 사람이었다면 오금이 저릴 정도로 매서운 이철영의 눈빛을 한윤철은 아무렇지도 않게 받아 넘기며 말을 이었다.

"걱정 마십시오. 청산파나 밀항 루트를 어찌해 볼 생각은 조금도 없습니다."

"……."

이철영은 한참이나 아무런 말없이 가만히 한윤철을 바라보았다.

황당하기 짝이 없었다. 한윤철의 말대로 이철영 자신은 청산파의 주된 수입원 중 하나인, 인천항 인근을 드나드는 밀항선들을 책임지고 있었다.

조직의 일선에서 은퇴하고 어부처럼 살고 있는 것은 경찰의 눈을 속이기 위한 위장이었다.

그런데 그 사실을 알고 찾아온 검사, 한윤철이 청산파나 밀항 루트를 손대지 않겠다니.

고양이가 눈앞에 있는 생선을 건드리지 않겠다는 것과 마찬가지가 아닌가.

이철영은 날카로운 눈빛으로 한윤철을 노려보았다

한윤철은 조금도 위축되지 않고 똑바로 눈을 마주했다. 이철영은 저도 모르게 나직이 한숨을 내쉬었다.

아무래도 거짓말을 하는 것 같지는 않았다.

어느새 필터 근처까지 타들어간 담배를 퉤, 뱉어내며 이철영은 천천히 입을 열었다.

"청산파도, 밀항 루트도 건드릴 생각이 없다라…… 그럼 대체 날 찾아온 이유는 뭐지?"

이철영의 말투는 어느새 한윤철을 하대하고 있었다.

귓가로 날아든 이철영의 질문에 한윤철은 곧장 대답하지 않았다.

어디까지 얘기를 해야 이철영의 도움을 받을 수 있을지 가만히 가늠하던 한윤철은 이내 입을 열었다.

"도움이 필요합니다. 어쩌면 나라 전체가 발칵 뒤집힐지도 모르는 일입니다."

흥미를 느낀 듯, 이철영의 눈빛이 순간 반짝였다. 이철영은 입꼬리를 말아 올리며 말했다.

"나라 전체가 발칵 뒤집힌다고……? 크크. 재미있겠군. 좀 더 자세히 얘기해 줄 수 있나?"

힐끗 주위를 둘러본 한윤철은 주위에 사람이 없다는 것을 확인한 후에야 조용한 음성으로 입을 열었다.

"지금부터 제가 하는 얘기는 한 귀로 듣고 곧장 흘리셔야 합니다. 약속해 주실 수 있겠습니까?"

이철영은 대답 대신 고개를 끄덕였다. 한윤철은 나직이 한숨을 내쉬며 천천히 말을 이었다.

"사실은……."

한윤철의 긴 이야기를 들은 이철영은 여전히 입꼬리를 말아 올린 채로 가만히 입을 열었다.

"원하는 대로 도와주지. 하지만 조건이 있어."

"말씀하십시오."

"다른 곳은 모르겠지만 우리 청산파가 관련된 밀항 루트는 무슨 일이 있어도 절대 손대지 않겠다는 약속을 해줘야겠다. 그러면 그쪽이 원하는 정보를 모두 내주지."

잠시 고민하던 한윤철은 이내 조심스레 입을 열었다.

"제 힘이 닿는 선에는 최선을 다해보겠지만… 장담할 수는 없습니다."

"그런가? 그러면 없었던 일로 하지. 비밀은 지켜줄 테니 걱정하지 말고."

이철영은 전혀 아쉬울 것 없다는 투로 말을 툭 뱉어 내고는 천천히 몸을 일으켰다. 그리곤 곧장 걸음을 옮기지 않고 한윤철을 힐끗 쳐다보았다.

이철영이 자신을 떠 보고 있다는 것을 금세 눈치챈 한윤철이었다.

평소의 한윤철이었다면 애초에 이철영을 찾아오지도 않았을 것이다.

하지만 어쩔 수 없는 일이었다. 아쉬운 것은 한윤철, 자신이었으니.

한윤철은 나직이 한숨을 내쉬며 고개를 끄덕일 수밖에 없었다.

"알겠… 습니다. 약속드리지요."

그제야 이철영은 천천히 돌아서서 자리에 앉았다. 담배 한 개비를 입에 물고 불을 붙인 이철영은 씨익 미소를 지으며 입을 열었다.

"거래 성립이로군. 그래, 묻고 싶은 게 뭐지? 내가 아는 한에서는 대답해 주도록 하지."

한윤철은 재킷 안 주머니에서 사진 한 장을 꺼내 탁자 위에 내려놓았다.

중국 전통 복장인 치파오를 입고 있는 한 노인의 사진이었다. 사진을 집어 든 이철영은 고개를 갸웃하며 물었다.

"이게 뭐지?"

"좀 전에 말했던 그자입니다. 최근 두어 달 사이에 이자가 밀항 루트를 통해 우리나라로 들어왔을지도 모릅니다. 확인해 주실 수 있겠습니까? 가능하시다면 앞으로도 계속 체크해 주셨으면 합니다만……."

"그 정도야 어렵지 않지만 이자가 인천 인근의 밀항 루트를 통할 거라는 근거는 있나?"

이철영의 질문에 한윤철은 고개를 저으며 대답했다.

"근거는 없습니다. 그저 제 감일 뿐이지요."

"크하핫! 그거 참, 걸작이로군. 아무 근거 없는 감 하나로

내가 내건 조건을 수락한 건가?"

"오랫동안 뒤쫓던 사건입니다. 약간의 가능성이라도 보이면 거기에 매달리는 수밖에요."

한윤철은 어쩔 수 없다는 듯 나직이 중얼거렸다.

이철영은 다시 한 번 너털웃음을 터뜨리며 고개를 끄덕였다.

"마음에 드는군. 좋아. 내 눈이 닿는 밀항 루트는 모두 샅샅이 뒤져 보도록 하지. 그래, 만약 찾는다면 어디로 연락하면 되겠나?"

한윤철은 뒷주머니의 지갑을 꺼내 명함 한 장을 이철영에게 내밀었다.

"뒷면에 따로 써놓은 번호로 연락 주십시오. 언제라도 곧장 달려오겠습니다."

뒷면에 쓰여 있는 휴대폰 번호를 힐끗 확인한 이철영은 명함을 바지 주머니에 아무렇게나 구겨 넣었다. 그리곤 천천히 몸을 일으켰다.

"용건은 그게 다인 것 같으니 난 이제 돌아가도록 하지. 여기저기 연락해 둬야 할 곳도 많으니."

이철영은 그대로 돌아서서 걸음을 옮기기 시작했다.

뒤따라 몸을 일으킨 한윤철은 그 자리에 서서 어둠 속으로 사라져 가는 이철영의 뒷모습을 가만히 바라보았다.

이철영이 완전히 자신의 시야에서 사라진 후에야 한윤철은 나직이 한숨을 내쉬며 풀썩 자리에 주저앉았다.

"이제 연락을 기다리는 일만 남은 건가……?"

*　　*　　*

핏—

낮은 파공성과 함께 린의 손을 떠난 비수가 권총을 든 사내의 목덜미에 틀어박혔다.

"끄윽—!"

사내는 비명도 제대로 지르지 못하고 피거품을 뿜어내며 털썩 쓰러졌다.

잠시 꿈틀거리던 사내의 움직임은 얼마 지나지 않아 이내 멎었다.

린은 날카로운 눈빛으로 주위를 살폈다. 혹시나 사내의 한 패가 남아 있을지도 모르는 일이었으니.

한참의 시간이 지난 후에야 린은 나직이 한숨을 내쉬며 천천히 쓰러진 사내에게 다가갔다.

이미 사내는 숨이 멎어 있었다. 린은 눈 하나 깜짝하지 않고 사내의 목덜미에 틀어박힌 비수를 회수했다.

경동맥 깊이 박힌 비수가 뽑히자 촤악, 하고 피가 튀었다.

곧장 뒤로 몇 걸음 물러났지만 옷깃에 피가 튀었다.

린은 비수에 묻은 피를 털어내고는 한쪽 무릎을 꿇고 발목에 차고 있는 가죽 칼집에 쑤셔 넣었다.

"무사하십니까, 린 조장!"

낮은 외침과 함께 친위대원 하나가 멀리서 다가오는 것이 눈에 들어왔다.

린은 천천히 몸을 일으켰다.

"그쪽은 괜찮은 거냐, 라우?"

라우라 불린 친위대원은 린의 질문에 고개를 끄덕이며 대답했다.

"예, 저격 포인트에서 두 사람이 매복해 있더군요. 샤오가 뒤처리를 하고 있을 겁니다."

"그렇군. 그럼 이쪽도 뒤처리를 부탁하지."

"맡겨 주십시오."

라우는 시체 처리를 위해 린에게로 다가왔다.

린은 그대로 라우를 스쳐 지나쳐 조금 떨어진 곳에 있는 창고처럼 보이는 허름한 건물로 향했다.

꽤나 늦은 시간이었지만 창고에는 조도(照度)가 낮은 누런 백열등이 켜져 있었다.

문을 열자 다섯 평 남짓한 그리 넓지 않은 내부 공간이 보였다.

단순한 직사각형의 공간에는 가구도 전혀 없이 담요 몇 장만 덩그러니 놓여 있었다.

"끝난 게냐?"

휠체어에 앉아 한쪽 구석에서 두터운 담요로 하반신을 덮고 있는 노인, 첸이 조용히 질문을 던졌다.

린은 가만히 고개를 끄덕였다.

"예, 추적자는 모두 처리했습니다."

"어디 다친 데는?"

린의 옷깃에 묻은 핏자국을 발견한 첸이 걱정스러운 눈빛으로 물었다.

린은 한 손으로 핏자국을 가리며 대답했다.

"괜찮습니다. 그냥 피가 조금 튄 것뿐입니다. 그나저나……."

린이 말꼬리를 흐리자 첸은 고개를 갸웃했다.

"응? 왜 그러는 게냐?"

"아무래도 이곳을 떠나야 할 것 같습니다. 한곳에 오래 머무는 건 위험합니다. 앞으로도 계속 추적자들이 나타날 것입니다."

옳은 말이었다.

첸은 길게 생각하지 않고 가만히 고개를 끄덕였다.

"그래야 할 것 같구나. 어쩔 수 없는 일이지."

아쉽다는 듯 첸은 조용히 말꼬리를 흐렸다. 가만히 첸을 바라보던 린은 천천히 돌아서며 말했다.

"그럼 준비하겠습니다."

"어디로 갈 생각이냐?"

첸은 막 밖으로 나서려는 린에게 조용히 물었다.

문고리를 잡은 채 멈춰선 린은 고개를 돌려 첸을 바라보며 대답했다.

"서울이 좋을 것 같습니다. 아무래도 등잔 밑이 어두운 법이니까요."

안 그래도 얼마 전부터 다른 곳으로 자리를 옮길 생각을 하고 있던 린이었다.

사람이 많지 않은 한적한 곳이 추적자의 눈을 피하기 쉬울 거라 여겼지만 린은 이내 생각을 전환했다.

나무를 숨기려면 숲에 숨기라는 말을 떠올린 것이다.

대한민국의 수도 서울.

2천만에 가까운 사람들이 살고 있는 서울이라면 충분히 몸을 숨길 수 있을 터였다.

게다가 서울은 곳곳에 경찰서나 범죄 방지용 CCTV가 설치되어 있어 치안이 뛰어난 곳이었다.

그 때문에 추적자들이 제멋대로 움직이지는 못할 터였으니.

"서울이라……."

쳰은 나직이 중얼거리며 멍한 눈으로 살짝 열려 있는 창밖을 내다보았다.

가만히 그 모습을 바라보고 있던 린은 저도 모르게 불쑥 입을 열었다.

"차라리 정찬혁 팀장을 찾아가는 게 어떻습니까? 무슨 사연이 있는지는 모르겠지만 사실대로 말하면 도와주실 겁니다."

의외의 말에 쳰은 놀란 눈으로 린을 바라보았다.

한참 말없이 린을 쳐다보던 쳰은 길게 한숨을 내쉬며 고개를 내저었다.

"아니. 더 이상 그 녀석 앞에 나타나지 않겠다고 약속하지 않았더냐. 그걸 잊은 게냐?"

"하지만……."

"앞으로 절대 그런 소리 하지 말거라."

쳰은 전에 없이 엄한 말투로 린을 질책하고는 그대로 고개를 돌렸다.

린은 고개를 숙인 채 사죄했다.

"죄송합니다, 대인……."

쳰은 고개를 돌린 채 아무런 말도 하지 않았다.

물끄러미 쳰을 바라보던 린은 나직이 한숨을 내쉬며 천천히 돌아서서 밖으로 나갔다.

"시체는 모두 처리했습니다, 조장."

"이쪽도 깔끔히 처리했습니다."

밖에서 대기하고 있던 샤오와 라우가 다가오며 조심스레 말했다.

두 친위대원은 저마다 옷깃을 피로 물들이고 있었다.

다행히도 다친 것 같지는 않았다. 가만히 두 사람을 바라보던 린은 이내 나직이 입을 열었다.

"날이 밝는 대로 이곳을 떠날 거다. 서울로 갈 거니까 라우 넌, 배편을 미리 알아봐 둬라."

"예, 알겠습니다, 조장."

대답과 함께 라우가 후다닥 어딘가로 달려나갔다.

그 모습을 가만히 바라보던 린은 그대로 돌아섰다. 그 뒤를 샤오가 조용히 뒤따르기 시작했다.

*　　　*　　　*

타앙—!

허공을 울리는 한 발의 총성과 함께 한 사내가 풀썩 바닥에 쓰러졌다.

허공에서 맹렬히 회전하던 탄두, 이블 불릿은 허연 연기를 뿜어내며 툭 떨어져 내렸다.

턱—

어느새 가까이 다가간 정찬혁은 손을 뻗어 이블 불릿이 바닥에 떨어지기 전에 잡았다.

달궈진 이블 불릿이 피부에 닿자 화끈한 열기와 함께 치직, 하며 살이 타들어갔다.

"으윽!"

정찬혁은 저도 모르게 짧은 신음을 토해냈다.

아무런 감각도 느껴지지 않던 이전과는 달리, 지금의 정찬혁은 몸의 기능이 거의 정상적으로 되돌아온 상태였다. 당연히 화상의 통증을 느낄 수 있었다.

하지만 정찬혁의 입가에는 미소가 지어져 있었다.

그것이 고통이라 할지라도, 오랜만에 느껴지는 생생한 감각을 정찬혁은 즐기고 있었다.

이전까지 느껴지던 통증과는 완전히 다른 느낌이었다.

살아 있다는, 새로운 생명을 얻을 날이 그리 멀지 않았다는 실감이 났다.

정찬혁은 이블 불릿을 꽉 움켜쥐었다.

"그만둬요, 찬혁 씨!"

갑작스레 등 뒤에서 들려온 음성에 정찬혁은 천천히 고개를 돌렸다.

어느새 가까이 다가온 신유진이 나직이 한숨을 내쉬며 입을 열었다.

"아아. 또 맨손으로 잡으면 어떡해요? 아무리 회복이 빨라도 그렇지. 어디 좀 봐요."

신유진의 만류에도 정찬혁은 아무렇지도 않은 듯, 자신의 손아귀에서 식은 이블 불릿을 내밀었다.

살점이 조금 묻어 있는 이블 불릿을 받아든 신유진이 정찬혁의 손바닥을 힐끗 살폈다. 강한 열에 피부가 문드러져 있었다.

"안 아파요?"

신유진은 저도 모르게 살짝 인상을 찌푸리며 물었다.

정찬혁은 가만히 고개를 내저었다.

그동안 정신이 아득해질 정도의 엄청난 고통을 감내해 왔던 정찬혁이었다. 약간의 화상 정도는 그리 통증이랄 것도 없었다.

게다가 신유진의 말대로 무엇 때문인지 알 수 없었지만 신체의 회복력이 비정상적으로 빨라져 있는 상태였다.

희미하지만 검은 연기가 화상 자국에서 뿜어져 나오기 시작했다.

이블 불릿에 달라붙어 떨어져 나간 살점이 어느새 서서히 돋아나고 있었다.

채 5분도 지나기 전에 손바닥의 화상은 온데간데없이 깨끗하게 사라져 버렸다.

"이 정도 화상은 역시 쉽게 나아버리는군."

정찬혁은 나직이 중얼거리며 조금 전까지 화상이 나 있던 손을 쥐었다 폈다 했다.

아무런 통증도 느껴지지 않았다.

상반신 전체를 검게 물들이고 있던 죄악의 증거가 대부분 사라지고, 닷새간의 긴 잠에서 깨어난 후, 정찬혁의 몸은 이전과는 완전히 달라져 버렸다.

정상인에 비해 심장이 뛰는 속도가 많이 느리긴 했지만, 그 때문에 피가 돌아 창백하던 얼굴에 혈색이 돌아왔다.

대부분의 감각도 정상으로 돌아온 채였다.

무엇보다도 가장 큰 변화는 회복력이었다.

시험해 본 결과로는 칼로 깊이 베인 상처도 길어야 30분 이내에 완전히 회복되었다.

각성한 숙주에게 입은 상처도 마찬가지였다.

이전까지는 어느 정도 회복되기는 했지만 시간도 오래 걸리고 진한 흉터가 남았었다.

하지만 지금은 하루 정도만 지나면 흉터는커녕, 약간의 흔적조차도 남지 않았다.

상상을 초월하는 엄청난 회복력이었다.

그것에 대해서는 신유진도 별다른 설명을 하지 못했다.

그저 마정구와 기존에 흡수한 이블 불릿의 기운이 모종의 작용을 한 것이리라 막연한 추측할 뿐이었다.

앞으로 어찌 될지 알 수 없다는 불안요소가 있기는 했지만 정찬혁은 애써 그것을 무시하고 있었다.

"다음부터는 절대 맨손으로 잡지 말아요. 알겠죠?"

정찬혁을 살짝 흘겨보며 신유진이 말했다. 정찬혁은 무표정한 얼굴로 가만히 고개를 끄덕였다.

"그러지."

두 사람은 혼절한 숙주를 내버려 둔 채 주차장에 세워둔 차를 향해 걸음을 옮기기 시작했다.

여느 때처럼 신유진이 운전석에 앉고 시동을 걸자, 정찬혁이 조수석에 자리를 잡았다.

부우웅―

낮은 배기음을 토해내며 두 사람이 탄 승용차가 주차장을 빠져나와 도로에 진입했다.

조수석에 몸을 누인 채 눈을 감고 있던 정찬혁이 불쑥 입을 열었다.

"이제 얼마나 남았지?"

갑작스레 날아든 의도를 알 수 없는 질문에 신유진은 고개를 갸웃했다.

"네?"

"이블 불릿을 몇 개나 더 회수하면 일이 끝나느냐고 물었다."

예상치 못한 질문에 놀란 신유진은 눈을 동그랗게 떴다.

핸들을 쥔 손이 미세하게 파르르 떨렸다. 신유진은 힐끗 조수석의 정찬혁을 바라보았다.

정찬혁은 팔짱을 낀 채 몸을 깊이 누이고 있었다. 신유진은 억지로 떨리는 입을 열었다.

"어, 어떻게……?"

정찬혁은 피식 입꼬리를 말아 올리며 천천히 대답했다.

"단순히 악마의 기운을 회수하는 것이 네 목적이 아니라는 것쯤은 이미 알고 있었다. 내 눈은 그저 뚫려 있기만 한 옹이 구멍이 아니야."

신유진은 한동안 아무런 말도 하지 못했다.

묵묵히 차를 몰던 베아투스에 거의 도착할 즈음에야 길게 한숨을 내쉬며 조심스레 입을 열기 시작했다.

"다섯 개……. 앞으로 다섯 개만 더 회수하면 끝나요."

"다섯 개라. 생각보다 얼마 남지 않았군. 빠르면 두어 달 내에 모두 해결할 수 있겠군."

"지금까지처럼 잘만 풀린다면 가능한 일이겠죠."

"다른 문제가 있다는 건가?"

신유진은 불안한 얼굴로 가만히 고개를 끄덕였다.

"아직 권속이 일곱이나 남아 있어요. 게다가 조만간 '그'가 직접 모습을 드러낼 거예요. 이대로 우리가 악마의 기운을 회수하는 것을 가만히 지켜보고 있지만은 않을 테니까요."

"그렇군."

정찬혁은 문득 자신이 상대한 두 권속을 떠올렸다.

대권속탄이 아니었다면 절대 쓰러뜨리지 못했을 정도로 강한 자들이었다.

그런 자들이 아직 일곱에 권속의 주인인 '그'가 남아 있다는 것은 크나큰 위협이었다.

대수롭지 않다는 듯 짧게 대답한 정찬혁은 문득 질문을 던졌다.

"대권속탄이 '그'에게도 통할까?"

잠시 생각하던 신유진의 대답이 이내 들려왔다.

"모르겠어요. 어느 정도는 영향을 끼치겠지만 '그'에게는 그리 큰 타격을 입히지 못할 거예요."

"흐음. 뭔가 다른 수단을 생각해 봐야겠군."

"저도 최대한 빨리 대책을 마련해 볼게요."

"알겠다."

두 사람이 대화를 나누는 사이, 어느새 승용차는 베아투스 입구에 멈춰 섰다.

정찬혁은 기다렸다는 듯 스륵 눈을 뜨고는 천천히 몸을 일으켜 차 밖으로 나왔다.

잠겨 있는 베아투스의 문을 열고 막 안으로 들어서려는 찰나, 신유진의 낮은 음성이 귓가로 날아들었다.

"찬혁 씨!"

정찬혁은 그 자리에 멈춰 선 채로 천천히 고개를 돌렸다. 신유진이 조수석 창으로 고개를 내밀고 있었다.

"뭐지?"

"정말⋯ 속이려고 한 건 아니었어요. 죄송해요."

신유진은 차마 정찬혁을 똑바로 바라보지 못하고 있었다.

정찬혁은 별일 아니라는 듯, 대수롭지 않다는 투로 말했다.

"됐다. 처음부터 대충 짐작하고 있던 일이었으니. 그럼 들어가 봐라. 좀 피곤한 것 같으니 쉬어야겠다."

정찬혁은 그대로 문을 열고 카페 안으로 들어갔다.

무어라 더 말을 하려던 신유진은 어두운 카페로 사라져 버린 정찬혁의 뒷모습을 가만히 바라보았다.

이내 신유진은 나직이 한숨을 내쉬며 조용히 중얼거렸다.

"고마워요, 찬혁 씨."

곧장 베아투스의 지하 공간으로 들어선 정찬혁은 곧장 침대로 몸을 던졌다.

물 먹은 솜처럼 몸이 축 늘어졌다.

이전과 가장 달라진 것이 바로 이것이었다. 예전에는 피로라고는 조금도 느낄 수 없는 몸이었다.

하지만 요즈음에는 피로에 절어 곤죽이 된 채로 하루에 적어도 다섯 시간 이상은 깊이 잠들어야만 했다.

게다가 숙주를 상대하고 온 날에는 더 많은 시간을 잠들었다.

아무래도 보통 사람의 너덧 배는 넘는 신체 기능을, 보통 사람에 가까워진 몸이 버티지 못하는 것 같았다.

정찬혁은 침대 깊이 몸을 누인 채 스륵 눈을 감았다. 문득 한쪽 구석에 쌓여 있는 신문더미가 눈에 들어왔다.

낮에는 카페를 열고, 밤에는 새벽녘까지 숙주를 찾아다니다 돌아온 후에는 잠을 자느라 한동안 신문을 뒤져보지 않은 것이 떠올랐다.

낮에 짬이 날 때 습관적으로 신문을 사두기는 했지만 제대로 볼 시간이 없었던 것이다.

"흐아암."

피로가 쌓인 터라 절로 하품이 흘러나왔다.

정찬혁은 쌓여 있는 신문에서 시선을 돌리며 눈을 감았다.

하지만 평소와는 달리 곧장 잠이 들 수 없었다. 이상하게도 신문더미가 자꾸 신경이 쓰였다.

정찬혁은 이내 천천히 몸을 일으키며 눈을 떴다.

피곤함이 가시지 않아 눈이 제대로 떠지지 않고 몸이 무거
웠다.

나직이 한숨을 내쉬며 정찬혁은 신문더미로 손을 뻗었다.
힐끗 벽시계를 쳐다보았다.

새벽 5시.

평소라면 깊이 잠들어 있어야 할 시간이었다.

하지만 정찬혁은 반쯤 감긴 눈으로 천천히 신문을 훑어보
기 시작했다. 자꾸만 신경이 쓰여 잠이 올 것 같지 않았다.

크고 굵은 글씨로 쓰여 있는 헤드라인만 확인하고 있는 터
라 신문더미는 빠른 속도로 줄어들었다.

정찬혁은 연신 하품을 하며 신문을 뒤적였다.

"이, 이건!"

신문을 보기 시작한 지 거의 한 시간여가 지날 무렵, 정찬
혁은 잠이 확 달아나는 헤드라인을 보고 낮게 신음했다.

재단법인 진용 대표이사 전격 경질!!

굵은 느낌표까지 두 개가 찍혀 있는 헤드라인에 정찬혁은
눈이 번쩍 뜨였다.

재단법인 진용의 대표이사라면 바로 자신의 원수, 첸이지

않던가.

그런 첸이 대표이사 직에서 경질되었다는 것은 구룡회 내부에서 무언가 큰일이 벌어졌다는 뜻이었다.

정찬혁은 급히 신문의 날짜를 확인했다.

거의 두 달여 전에 벌어진 일이었다.

시기적으로 보아 정찬혁이 두 권속을 쓰러뜨리고 닷새간의 깊은 잠에 빠져 있을 때 즈음에 벌어진 일이었다.

"대체 어떻게 된 일이지?"

정찬혁은 눈을 부릅뜬 채 기사를 읽어 내렸다.

하지만 첸이 경질되었다는 내용뿐, 이렇다 할 정보를 얻을 수는 없었다.

혹시라도 그에 관련된 다른 기사가 있을까 싶어 정찬혁은 주위에 쌓여 있는 각종 가십 잡지까지 모조리 뒤지기 시작했다.

하지만 기사로 얻을 수 있는 정보는 극히 제한적이었다.

일부 타블로이드지에서 구룡회와의 연관성을 다루긴 했지만, 그것은 정찬혁도 잘 알고 있는 일이었으니.

대강이나마 추측해 볼 수 있는 것은 한 가지, 첸이 구룡회에서 파문당했다는 것이었다.

한국에 재단법인 진용을 세우고, 음양으로 구룡회에 막대한 이득을 얻게 한 공로가 큰 첸이었다.

그런 첸을 대표이사 직에서 일방적으로 경질시켰다는 것은 역시나 파문밖에는 떠오르지 않았다.

"첸이 파문당할 정도의 일이라……."

어떤 일이 생긴 것인지 도무지 상상할 수 없었다.

구룡회의 장로들이 자신의 이익을 위해 서로 이합집산(離合集散)을 거듭하고 있다는 것은 이미 알려져 있는 사실이었다.

몇 년 전 정찬혁이 구룡회의 장로 중 하나인 마오를 저격한 것도 그 때문이었으니.

그 일 덕에 첸은 흩어지는 마오의 세력을 흡수, 구룡회 내에서 다른 장로들을 압도할 수 있었다.

거기에다 재단법인 진용까지 있었으니, 첸은 자신의 위치를 더욱 공고히 다질 수 있었다.

그런데 첸이 파문당했다?

있을 수 없는 일이었다. 하지만 여러 기사로 추측할 수 있는 것은 그것밖에 없었다.

미간을 찌푸린 채 한참을 고민하던 정찬혁은 한 가지 가능성을 떠올릴 수 있었다.

어쩌면 마오의 죽음에 첸이 깊이 관련되어 있다는 것을 다른 장로들이 알아낸 것일지도 모른다.

가능한 일이었다.

서로의 이익을 위해 반목하고는 있었지만 구룡회의 장로들은 피의 잔을 나눠 마신 형제들이었다.

첸이 마오를 죽인 것은 형제를 배신한 것, 그 대가는 죽음이었다.

하지만 구룡회에 많은 공을 세운 첸을 차마 죽이지는 못하고 파문시킨 것이리라.

"젠장. 곤란하게 됐군."

정찬혁은 나직이 중얼거리며 길게 한숨을 내쉬었다.

안 그래도 몸을 숨긴 채, 전면에 나서지 않고 있던 첸이었다.

그런데 파문까지 당했으니 첸의 행방을 찾는 것은 더욱 어려워진 것이나 마찬가지였다.

아니, 어쩌면 이미 다른 장로의 손에 은밀히 제거당했을 지도 모르는 일이었다.

하지만 이내 정찬혁은 첸이 죽었을 가능성을 떨쳐냈다.

자신이 직접 훈련시킨 친위대라면 암룡들이 직접 나서지 않는 한, 첸의 목숨을 지킬 수 있을 것이다.

파문이 결정된 자를 죽이는 것은 금기 중 하나, 때문에 다른 장로가 첸의 목숨을 노린다 해도 암룡들을 움직일 수는 없을 터였다.

공식적으로 병력을 보낼 수 없는 상황이니, 개인적으로 키운 자들을 보낼 것이다.

그렇다면 많은 희생이 있다고 해도 친위대만으로도 충분히 첸을 지킬 수 있었다. 그만큼 정찬혁, 자신이 공들여 키워낸 친위대였다.

살아만 있다면 어디에 있든 반드시 찾아낼 것이다.

그렇게 다짐을 하며 정찬혁은 주위에 어지러이 흩어져 있는 신문이며 잡지를 정리해 한쪽 구석에 쌓아 두었다.

정리를 끝낸 정찬혁이 힐끗 벽시계를 쳐다보았다.

시계 바늘이 어느새 8시를 가리키고 있었다. 카페를 열 때까지 남은 시간이 그리 많지 않았다.

정찬혁은 나직이 한숨을 내쉬며 침대에 털썩 걸터앉았다.

"자기에는 글렀군."

나직이 중얼거리며 정찬혁은 나직이 한숨을 내쉬었다.

* * *

그리 크지 않은 고깃배의 낡은 디젤 엔진이 시끄러운 굉음을 토해냈다.

날씨는 맑았지만 생각보다 파도가 센 탓에 배가 이리저리 흔들리고 있었다.

휠체어에 앉아 있는 첸은 혹시라도 떨어질까 가죽 벨트로 몸을 고정하고 있었다.

밀려오는 파도에 배가 출렁일 때마다 첸의 몸은 힘없이 휘청거렸다.

곁에 있는 두 친위대원, 샤오와 라우가 아니었다면 벌써 뱃바닥을 뒹굴고 있었을지도 모르는 일이었다.

원래는 인천항으로 가는 작은 여객선을 이용하려 했지만 추적당할지도 모르는 일이라 어쩔 수 없이 고깃배를 빌릴 수밖에 없었다.

린은 한쪽 구석에 자리를 잡고 가만히 파도치는 바다를 바라보았다.

저 멀리 희미하게 육지가 보였다.

"좀 어떻수? 생각보다 파도가 센 것 같은데 불편하진 않수?"

배를 몰고 있던 어부가 불쑥 질문을 던졌다. 린이 힐끗 고개를 돌리며 대답했다.

"괜찮습니다. 그나저나 언제쯤 도착할 수 있을까요?"

"흐음. 오늘은 파도가 좀 센 편이니 두 시간 정도 걸릴 것 같수다. 배가 출력이 좀 약해서 말이우."

"후우. 그런가요?"

절로 한숨이 흘러나왔다.

덕적도를 출발한 지 이미 한 시간이 훌쩍 지난 때였다. 그런데 앞으로 두 시간이나 지나야 도착한다니.

"그러게 두어 시간만 더 기다렸다가 여객선을 타라고 하지 않았수."

"그럴 걸 그랬네요."

어부의 말에 린은 대충 맞장구를 치며 고개를 끄덕였다. 애초에 여객선을 탈 생각이 없었던 린이었으니.

"하여간에 멀미가 나면 빈자리에 그냥 누워 있는 게 좀 나을 거요."

"네, 알겠어요."

린은 가만히 고개를 끄덕이며 힐끗 첸을 바라보았다. 심하게 배가 흔들리는 탓에 멀미기가 있는지 낯빛이 그리 좋아 보이지 않았다.

"괜찮으십니까, 대인?"

첸은 대답 대신 괜찮다는 듯 손을 흔들어 보였다.

하지만 아무래도 걱정이 되는 터라 린은 힐끗 주위를 둘러보았다.

그나마 한 사람 정도가 누울 수 있는 공간이 있었다.

"도착할 때까지 누워 계시는 게 좋을 것 같습니다만……."

린의 조심스러운 제안에 첸이 괜찮다고 대답하려는 찰나, 밀려온 파도로 배가 크게 출렁였다.

그 때문에 휠체어에 몸을 고정한 첸이 쓰러질 뻔했다.

연이어 너덧 번 정도 크게 배가 흔들린 후에야 간신히 조금 진정이 되었다.

그새 멀미가 심해진 것인지 첸의 낯빛이 창백해졌다.

무어라 대답할 힘도 없는 것 같았다. 어쩔 수 없이 린은 두 친위대원에게 말했다.

"대인을 저쪽에 눕혀야 할 것 같다. 파도가 더 심해지기 전에 서둘러."

"알겠습니다, 조⋯⋯."

"그만!"

습관적으로 조장이라고 하려던 샤오는 린의 낮은 호통에 순간 움찔하며 입을 다물었다.

린은 힐끔 타기를 잡고 있는 어부의 눈치를 살폈다. 다행히도 파도와 씨름하느라 일행에게는 그리 신경을 쓰지 않고 있었다.

나직이 안도의 한숨을 내쉬며 린이 살짝 고갯짓하자 샤오와 라우는 서둘러 휠체어를 고정한 벨트를 풀고 조심스레 첸을 부축해 한쪽 구석에 뉘였다. 그리곤 휠체어에 있던 담요로 첸의 몸을 덮었다.

여전히 창백한 얼굴이었지만 시간이 지나자 조금이지만 편안해진 것 같았다.

"난 괜찮으니 너희도 편히 앉아 있거라."

첸의 힘없는 음성이 조용히 귓가로 흘러들었다.

그제야 린은 길게 한숨을 내쉬며 그 자리에 풀썩 주저앉았다.

두 친위대원은 첸을 호위하듯 누워 있는 그의 앞뒤에 자리를 잡고 앉았다.

가만히 그들이 하는 양을 지켜보던 첸은 어느 샌가 스륵 두 눈을 감고 잠이 들어버렸다.

                    *   *   *

퍼억!

둔탁한 타격음과 함께 보통 사람보다 머리 하나 정도는 키가 큰, 건장한 덩치의 사내가 튕겨나가 벽에 부딪쳤다.

"컥!"

등을 호되게 벽에 부딪친 건장한 덩치의 사내는 왈칵 피를 토하며 그대로 힘없이 풀썩 쓰러졌다.

"괴, 괴물……!"

"도, 도대체 뭐냐, 네놈은!"

긴 머리칼을 뒤로 묶은 사내를 둘러싸고 있던 험상궂은 인상의 사내 너덧 명은 질린 얼굴로 신음하듯 소리쳤다.

순식간에 긴 머리칼의 사내, 알렉스의 손에 쓰러진 일행이 다섯이었다.

쓰러진 자들 대부분이 일정 수준 이상의 격투기를 익히고 있던 터라, 남은 사내들이 동요하는 것은 당연한 일이었다.

사내들의 손에는 저마다 각목이며 쇠파이프 등이 들려 있었지만 차마 알렉스에게 덤벼들지 못했다.

너무도 압도적인 알렉스의 무력을 눈앞에서 본 탓이었다.

알렉스는 입꼬리를 살짝 말아 올린 채 천천히 주위를 둘러보았다.

알렉스의 시선이 닿자 사내들은 저도 모르게 어깨를 움찔거렸다.

"네놈들 두목이 있는 곳을 말해라. 그러면 이 정도로 넘어가 주지."

알렉스는 싸늘한 눈빛으로 나직이 입을 열었다.

금방이라도 달아날 듯 움찔거리던 사내들은 까득 이를 악물었다. 사내들 중 하나가 버럭 소리쳤다.

"씨, 씨×! 다들 뭐해? 저 ×끼 조져!"

거의 동시에 다른 사내들도 두려움을 떨치려는 듯, 버럭 고함치며 알렉스를 향해 달려들었다.

"우, 우아아! 뒈져라!"

"죽엇!"

알렉스는 맹렬한 기세로 자신에게 달려드는 사내들의 모

습에 피식 미소를 지었다.

"그래, 이래야 재미있지. 크크."

싸늘히 중얼거리며 알렉스는 자신에게 날아드는 쇠파이프를 눈 하나 깜짝하지 않고 가만히 바라보았다.

"으, 으으……."

"끄어어."

낮은 신음이 귓전을 어지럽혔다.

사방에 혼절하거나 팔다리가 기괴한 각도로 꺾여 있는 사내들이 널브러져 있었다.

두 다리로 서 있는 것은 긴 머리칼을 휘날리고 있는 사내, 알렉스가 유일했다.

단신으로 열 명이 넘는 건장한 사내를 쓰러뜨린 알렉스는 조금도 호흡이 거칠어지지 않았다.

그저 가볍게 숨을 내쉬며 몸에 묻은 먼지를 털어내고 있을 뿐이었다.

소맷부리가 피로 물들어 있었지만 알렉스가 아닌 쓰러진 사내들이 흘린 피가 묻어난 것이었다.

흰 셔츠의 소매에 묻은 핏자국을 발견한 알렉스의 얼굴이 살짝 일그러졌다.

자신에게서 가장 가까운 곳에 있는 사내에게 다가간 알렉스는 부러진 왼팔을 잡고 반쯤 혼절한 사내의 무릎을 강하게 짓밟았다.

우득!

뼈가 부러지는 소리가 터져 나오며 사내의 무릎이 앞으로 꺾였다.

의식을 잃어가던 사내는 갑작스러운 통증에 본능적으로 낮은 비명을 토해냈다.

"끄억!"

이내 알렉스의 발길질이 사내의 관자놀이를 후려쳤다.

고통에 신음하던 사내는 그대로 혼절해 버렸다.

알렉스는 조금이라도 의식이 남아 있는 사내들에게 다가가 팔다리를 부러뜨리고 머리에 강한 충격을 가해 의식을 날려버렸다.

사내들이 모두 혼절해 버리자 주위는 을씨년스러울 정도로 조용해졌다.

천천히 걸음을 내딛는 알렉스의 발소리만이 조용히 들려올 뿐이었다.

알렉스는 자신의 눈앞에 있는 사내를 향해 손을 뻗었다.

쫙 펼쳐진 다섯 손가락 사이에서 검은 기운이 흘러나와 사내를 감쌌다.

알렉스는 입꼬리를 말아 올리며 천천히 입을 열었다.

"말해라. 네놈들의 두목이 있는 곳은?"

대답을 할 수 있을 리가 없었다.

이미 사내의 의식은 저 멀리 달아나 버린 후였으니.

하지만 기이하게도 검은 기운에 둘러싸인 사내의 입술이 조용히 벌어지기 시작했다.

"두, 두목이 있는 곳은……."

청산파의 두목 박태섭은 길게 한숨을 내쉬었다.

최근 들어 조직의 수입이 점점 줄어들고 있는 탓이었다.

본래 청산파는 인천 지역 대부분을 지배하고 있던 거대 조직이었다.

하지만 몇 년 전 구룡회가 라이온스 그룹, 즉 서남파와 손을 잡은 이후 청산파의 세력권은 점점 줄어들었다.

국내 최대의 조직인 서남파와 홍콩을 뒷세계를 지배하는 구룡회의 연합에는 아무리 청산파라해도 저항할 수 없었다.

청산파의 주된 수입원은 인천항을 통한 마약 밀매와 밀항 알선, 그리고 인천 지역 내의 유흥가에서 운영하고 있는 수십 개의 클럽이었다.

하지만 그 대부분을 구룡회와 서남파에 빼앗기고 남은 것은 고작해야 밀항 알선 정도였다.

그나마 밀항 루트를 청산파에서 거의 독점하다시피 하고

있어서 지금까지 버틸 수 있었지만 이제 그것도 거의 한계가 임박했다.

다른 수입원이 없다면 청산파는 그대로 해체될지도 모르는 일이었다.

"후우……. 아무래도 철영이 놈과 좀 의논해 봐야겠군."

나직이 중얼거리며 박태섭은 휴대폰을 꺼내 들었다.

막 이철영의 단축 번호를 누르려는 찰나, 사무실 밖에서 무언가 무거운 것이 부딪치는 소리가 들려왔다.

쾅!

뒤이어 들려오는 희미한 신음 소리.

"으으……."

무슨 일이 벌어진 거라 직감한 박태섭은 벌떡 일어나 서랍에 있는 브레스 너클(Brass Knuckle)을 꺼내 양손에 꼈다.

순간 문으로 무언가 날아들었다.

콰앙—!

부서질 듯 문이 크게 흔들렸다.

박태섭은 저도 모르게 꿀꺽 침을 삼키며 주먹을 움켜쥐었다.

이내 다시 한 번 터져 나온 커다란 소음과 함께 굳게 닫혀 있던 문이 박살 나며 파편이 튀었다.

얼굴로 날아든 부서진 나뭇조각을 손으로 쳐내며 박태섭

은 정면을 주시했다.

긴 머리칼을 뒤로 묶은 사내가 천천히 부서진 문을 통해 안으로 들어서고 있었다.

그 뒤로는 피투성이가 된 채 널브러진 부하들의 모습이 눈에 들어왔다.

박태섭의 눈이 찢어져라 크게 치켜떠졌다.

긴 머리칼 사내가 자신의 사무실에 가까이 접근한 즈음에야 이상한 소리를 들을 수 있었던 박태섭이었다.

그렇다는 것은 사내의 갑작스러운 난입으로 인한 소동이 나기도 전에 밖에 있는 부하들을 모조리 쓰러뜨렸다는 뜻이었다.

쉽지 않은 상대, 아니, 어쩌면 자신이 상대할 수 없을 정도로 강한 자였다.

아무리 싸움에 이력이 난 박태섭이라고 해도 수십여 명의 조직원을 그리 큰 소란 없이 짧은 시간에 쓰러뜨릴 수는 없었다.

꿀꺽!

절로 긴장이 밀려와 침이 삼켜졌다. 하지만 박태섭은 내색하지 않고 천천히 입을 열었다.

"웬 놈이냐?"

상대는 입꼬리를 말아 올리며 웃음기 섞인 음성으로 말했다.

"뭐 하나 묻고 싶은 게 있는데……."

"손님치고는 예의가 없으시군."

"아아. 입구에서 기다리고 있을 시간이 없어서 말이야."

박태섭은 으득 이를 악물었다. 무슨 어처구니없는 대답이란 말인가.

"그래서 이 난리를 피운 거란 말이지……."

들끓는 분노가 정체모를 눈앞의 상대에 대한 두려움을 저편으로 날려 버렸다.

박태섭은 주먹을 고쳐 쥐고는 곧장 긴 머리칼 사내에게 달려들려 했다.

하지만 사내와 눈이 마주친 순간, 마치 고양이 앞의 쥐처럼 오금이 저려왔다.

온몸이 마비라도 된 것처럼 꼼짝도 할 수 없었다. 주먹을 쥔 손이 바르르 떨렸다.

얼굴이 붉게 달아오를 정도로 힘을 줬지만 굳은 몸은 꼼짝도 하지 않았다.

"가만히 있는 게 좋을 거야. 네놈 부하처럼 되기 싫으면 말이야."

사내는 가만히 박태섭을 바라보며 중얼거렸다.

절로 어깨가 떨릴 정도로 차가운 음성이었다. 박태섭은 온힘을 다해 억지로 입을 열었다.

"대, 대체… 어떻게 한 거지……?"

사내는 대답 대신 품속에서 낡은 사진 두 장을 꺼내 들었다.

어느새 가까이 다가온 사내는 사진을 박태섭의 눈앞에 내밀며 천천히 입을 열었다.

"너희가 관리하는 밀항 루트로 이자들이 밀입국하지 않았는지 알 수 있나?"

박태섭은 저도 모르게 사진을 쳐다보았다.

치파오를 입고 있는 한 노인의 사진과 검은색 정장을 입고 있는 훤칠하고 육감적인 몸매의 여성을 찍은 사진이었다.

"그, 그렇다."

박태섭은 저도 모르게 대답했다.

인천항을 중심으로 수십여 곳의 포구에서 작은 고깃배부터 중대형 어선까지 다양한 종류의 선박을 사용하는 밀항 루트였다.

불법 밀입국이니 만치 밀항선을 사용하는 사람들은 자신의 신분을 숨기는 것이 일반적이었다.

당연히 변장을 하거나 가명을 쓰는 자들이 대부분이었다.

하지만 박태섭은 혹시나 모를 사후처리를 생각해 청산파에서 운영하는 밀항 루트를 사용하는 사람들의 사진을 몰래 찍어 데이터베이스화 해두고 있었다.

"지금 당장 알아 볼 수 있을까?"

사내는 씨익 미소를 지으며 물었다.

박태섭은 무언가에 홀리기라도 한 듯 몽롱한 눈빛으로 고개를 끄덕였다.

자신도 눈치채지 못한 사이에 마비가 풀려 있었다. 사내는 말없이 박태섭에게 사진을 내밀었다.

여전히 몽롱한 얼굴로 사진을 받아든 박태섭은 자신의 자리로 돌아가 컴퓨터를 켰다.

우웅, 하며 팬이 돌아가는 소리와 함께 이내 부팅을 마친 컴퓨터를 멍하니 바라보던 박태섭은 들고 있던 사진 두 장을 스캔했다. 그리곤 마우스를 클릭하고 키보드를 몇 번 두드렸다.

탁! 타탁!

얼마 지나지 않아 데이터베이스 검색을 완료한 박태섭은 짧게 대답했다.

"없다."

"그래? 그러면 나중에라도 그자들이 나타나면 내게 곧장 알려줄 수 있겠나? 따로 연락할 필요 없이 그저 날 떠올리면 금방 내가 알 수 있을 거다."

박태섭은 가만히 고개를 끄덕였다.

"알겠다."

사내는 만족스러운 미소를 지으며 다가와 두 장의 사진을 회수해 품속에 넣고 돌아섰다.

박태섭인 이내 밖으로 천천히 걸어 나가는 사내의 뒷모습을 초점을 잃은 멍한 눈으로 물끄러미 바라보았다.

사내의 모습이 시야에서 완전히 사라진 후에야 서서히 박태섭의 흐리멍덩한 눈빛이 서서히 원래대로 돌아가기 시작했다.

어느새 초점을 되찾은 박태섭은 버럭 소리치며 벌떡 몸을 일으켰다.

"이 빌어먹을 놈……! 응?"

그대로 앞으로 달려들려던 박태섭은 긴 머리칼 사내가 자신의 눈앞에서 사라진 것을 깨닫고는 멈칫했다.

주위를 둘러보았지만 사내의 모습은 어디에도 보이지 않았다.

"이, 이게 대체……?"

마치 귀신에게라도 홀린 것 같았다.

분명 조금 전까지 눈앞에 있던 사내가 흔적도 없이 사라져 버린 것이다.

절대 꿈은 아니었다. 부서진 문짝과 피투성이로 쓰러져 있는 부하들의 모습이 그것을 알려주고 있었다.

하지만 눈 깜짝할 사이에 사라져 버린 긴 머리칼 사내는 무어란 말인가.

도무지 이해할 수 없는 상황에 박태섭은 그저 멍하니 부서진 문짝을 바라보고 있을 뿐이었다.

*   *   *

"혹시 최근에 이 사람을 본 적이 있습니까?"

"글쎄……. 처음 보는 것 같구먼."

"잠시 여쭙겠습니다, 어르신. 이 부근에서 혹시 이 사람을 본 적이 있습니까?"

"어디 보자……. 본 적 없는 얼굴인디?"

"그렇습니까?"

한윤철은 나직이 한숨을 내쉬며 돌아섰다.

이철영에게 밀항 루의 체크를 부탁해 두기는 했지만 마냥 연락이 오기를 기다리고 있을 수만은 없었다.

때문에 한윤철은 최대한 시간이 날 때마다 인천항 인근의 포구를 돌아다니고 있었다.

역시나 소득은 전혀 없었다.

어느 곳에서도 첸을 봤다는 사람은 나타나지 않았다. 하지만 이렇게 포기할 수는 없었다.

지난 수년간 매달려 왔던 사건을 단번에 해결할 수 있는 유일한 기회였다.

첸의 신병 확보.

무슨 일이 있어도 해내야만 하는 일이었다.

근처에 세워둔 차로 돌아온 한윤철은 인천 지역을 크게 확대한 지도에 표시를 하고는 시동을 걸었다.

우우웅—

막 액셀을 밟으며 핸들을 꺾으려던 한윤철의 귓가에 휴대폰의 진동음이 들려왔다.

그 자리에 차를 세운 한윤철은 품속에서 휴대폰을 꺼내 들었다.

"여보세요?"

곧장 상대방의 음성이 수화기를 타고 귓가로 흘러들었다.

—한 검사님? 접니다, 마태진.

두더지의 소개로 만난 해커, 마태진이었다.

한윤철은 직감적으로 마태진이 무언가 사건에 도움이 될지도 모르는 것을 찾았다는 것을 알 수 있었다.

"뭔가 찾으셨나보군요. 뭡니까?"

장난기 어린 마태진의 음성이 곧장 들려왔다.

—역시 눈치가 빠르시군요. 지금 이쪽으로 오실 수 있겠어요? 말로 하는 것보다 직접 보시는 게 나을 것 같은데.

한윤철은 가타부타 따지지 않고 곧장 대답했다.

"늦어도 한 시간 안에 도착할 겁니다. 조금만 기다려 주십시오."

—예. 기다릴게요.

전화를 끊은 한윤철은 핸들을 크게 꺾어 마태진의 원룸이
있는 김포공항 인근으로 차를 몰았다.

바아아앙—

한윤철의 급한 마음을 대변하듯 엔진이 커다란 굉음을 토
해내며 도로 위를 내달렸다.

한윤철이 전화를 받은 지 정확히 40분이 지날 무렵, 마태진
의 원룸에 닿을 수 있었다.

도로가 약간 막히긴 했지만 내비게이션의 도움으로 최대
한 한산한 도로를 과속으로 내달린 덕에 예정보다 조금 일찍
도착한 것이다.

차에서 내린 한윤철은 곧장 원룸의 3층을 향해 내달렸다.

마태진의 원룸은 이전에 왔을 때와 그리 달라지지 않았다.

복도에는 먼지가 쌓인 컴퓨터 부품이 아무렇게나 나뒹굴
고 있었고, 쿨링팬의 소음이 가득했다.

그래도 사람이 오갈 수 있는 공간은 약간 남아 있는 터라
한윤철은 마태진이 있는 306호로 향했다.

"어? 생각보다 조금 일찍 오셨네요?"

여느 때처럼 키보드를 두드리고 있을 거라 생각했던 마태

진이 다가오는 발소리를 들은 것인지 힐끗 문 밖으로 고개를 내밀었다.

가까이 다가가자 마태진은 바퀴 달린 의자에 앉은 채로 주룩 컴퓨터로 미끄러져 갔다.

가까이 다가간 한윤철이 인사도 하지 않고 불쑥 물었다.

"뭡니까?"

마태진은 히죽 미소를 지으며 키보드에 손을 얹었다.

"일전에 검사님께서 주신 사진 있잖아요? 그걸로 공항 입국 기록을 검색하던 중에 우연히 발견한 건데요. 이걸 보시면 아마 검사님도 깜짝 놀라실 걸요?"

"대체 뭘 찾으셨기에 그러는 겁니까?"

마태진은 대답 대신 컴퓨터에 저장된 동영상 하나를 클릭해 재생시켰다.

수많은 사람이 야외에 마련된 자리에 앉아 있고, 누군가 단상에서 일장 연설을 하고 있는 동영상이었다.

영상에 비치는 사람들의 숫자만도 수천은 족히 넘어 보였다.

운집한 사람들을 먼 곳에서 비추고 있는 영상이라 단상에서 연설을 하고 있는 사람의 얼굴은 제대로 보이지 않았다.

하지만 그 너머로 보이는 국회의사당 덕에 어떤 영상인지 쉽게 알아챌 수 있었다.

"대통령 취임식 영상이로군요. 그런데 이게 왜……?"

"조금만 더 보세요."

한윤철이 고개를 갸웃하자 마태진은 쳐다보지도 않고 낮은 음성으로 말했다.

한윤철은 나직이 한숨을 내쉬며 다시 재생되고 있는 동영상으로 시선을 돌렸다.

어느새 앵글이 바뀌어 영상은 단상에서 연설을 하고 있는 대통령, 윤준식을 클로즈업하고 있었다.

이내 영상은 단상 아래의 귀빈석에 앉아 있는 사람들을 비추기 시작했다.

그리 빠르지도, 느리지도 않게 귀빈석을 훑고 있는 영상을 물끄러미 바라보던 한윤철은 저도 모르게 버럭 소리쳤다.

"자, 잠깐! 방금 지나간 장면, 다시 보여 주실 수 있습니까?"

마태진은 히죽 미소를 지으며 영상을 10여 초 앞으로 되돌렸다.

막 귀빈석을 비추기 시작할 무렵이었다.

다시 영상이 재생되기 시작하자 한윤철은 화면에 집중했다. 그리고 조금 전 스쳐 지나친 장면에서 다시 한 번 소리쳤다.

"멈춰요!"

마치 기다리기라도 한 듯 마태진은 곧장 재생을 멈췄다.

마태진은 장난기 어린 미소를 띤 채 한윤철을 향해 고개를 돌렸다.

"어때요?"

한윤철의 시선은 화면에 비친 귀빈석의 한쪽을 뚫어져라 바라보고 있었다.

그것은 바로 자신이 그토록 찾아 헤매고 있는 첸 카이후의 모습이었다.

한동안 말없이 화면을 쳐다보던 한윤철은 신음하듯 나직이 중얼거렸다.

"어떻게 첸이 대통령 취임식에?"

처음 보는 영상이었다. 대통령 취임식 당시 한윤철은 며칠 밤은 샌 후라, 거의 한나절을 깊이 잠들어 있던 터였다.

그 후 뉴스에서 취임식을 보기는 했지만 윤준식 대통령이 취임사를 발표하는 장면만 짧게 편집한 것뿐이었다.

"귀빈석에 있는 걸 보면 분명히 초대를 받았을 거예요."

혼란에 빠진 한윤철의 귓가에 마태진의 낮은 음성이 들려왔다.

한윤철은 무언가에 홀린 것처럼 나직이 중얼거렸다.

"초대를 받았다……."

그 말에 혼란스럽기만 하던 생각이 한 가지 가능성을 향해 질주하기 시작했다.

당시 재단법인 진용은 지금처럼 정재계에 강한 영향을 미치는 수준이 아닌, 막 자리를 잡아가던 시점이었다.

당연히 귀빈석에 있는 다른 초대객들과 어깨를 나란히 할 수 없을 터였다.

그런데 귀빈석에 초대를 받았다는 것은 어쩌면…….

'아니. 속단해서는 안 돼. 다른 가능성도 있을지 모르니.'

머릿속에 떠오른 한 가지 결론을 애써 부정하며 한윤철은 가만히 고개를 내저었다.

제어할 수 없을 정도로 질주하던 생각을 간신히 잡아 세운 한윤철은 나직이 한숨을 내쉬었다.

하지만 뒤이어 날아든 마태진의 말은 간신히 멈춰 세운 생각을 더욱 빠른 속도로 내달리게 만들었다.

"아직 놀라시기는 일러요. 이걸 보자마자 혹시나 싶어서 전 세계의 은행 계좌를 뒤져 봤거든요. 그랬더니 더 엄청난 걸 발견했지 뭐예요."

"설마……."

"맞아요. 당선되기 1년 즈음 전부터 윤준식 대통령의 비밀 계좌에 거액의 자금이 주기적으로 입금되었더군요. 입금 출처를 알아내기 꽤나 까다로웠지만 고생 끝에 찾아낼 수 있었어요. 송금된 계좌의 주인은 불명이었지만 계좌번호나 암호

패턴의 공통점으로 미루어 보면 분명히……."

마태진은 말꼬리를 흐렸다. 하지만 듣지 않아도 이미 들은 것이나 마찬가지였다.

귀빈석에 앉아 있는 첸을 본 순간 떠올릴 수 있었던 최악의 가능성이 사실일지도 몰랐다.

아니, 모든 정황으로 보아 사실일 확률이 극히 높았다.

만약 모든 사실이 세간에 알려지게 된다면……. 전례가 없는 어마어마한 정치 스캔들이었다.

검찰총장이 구룡회의 뒷돈을 받았다는 것만 해도 온 나라가 발칵 뒤집힐 정도로 엄청난 사건이었다.

그런데 국가원수인 대통령까지 깊이 연관되어 있다니.

전혀 예상치 못한 엄청난 상황에 어질어질 두통이 날 지경이었다.

현기증을 느낀 한윤철은 순간 비틀거렸다.

금방이라도 쓰러질 것 같았지만 간신히 몸의 균형을 바로잡은 한윤철은 근처에 있는 의자에 털썩 주저앉았다.

"많이 놀라신 모양이네요. 물이라도 한 잔 드시겠어요?"

한윤철은 대답 대신 힘없이 고개를 끄덕였다.

일순 두 다리에 힘이 풀릴 정도로 놀란 한윤철과는 달리 마태진은 그저 흥미롭다는 표정이었다.

마태진은 이내 작은 생수병 하나를 한윤철에게 건넸다.

파르르 떨리는 손으로 생수병을 받아든 한윤철은 간신히 뚜껑을 열고 벌컥벌컥 단숨에 물을 마셨다.

차가운 물이 식도를 타고 흘러들자 조금씩 놀람이 가라앉기 시작했다. 이내 현기증도 사라졌다.

한윤철은 빈 생수병을 구기며 길게 한숨을 내쉬었다. 그리곤 짐짓 심각한 얼굴로 마태진을 바라보았다.

"약속해 주십시오, 마태진 씨. 오늘 일은 누구에게도 절대 알리지 않겠다고 말입니다."

"그야 물론이죠. 이래 봬도 저 입 하나는 무거운 사람이라고요."

"부탁드립니다."

마태진을 향해 꾸벅 고개를 숙인 한윤철은 이내 천천히 몸을 일으켰다.

아직까지 제대로 힘이 돌아오지 않아 비틀거리며 한윤철은 밖으로 걸음을 옮기기 시작했다.

"좀 쉬시는 게 좋을 것 같은데요?"

금방이라도 쓰러질 듯 비척대는 한윤철의 모습에 마태진이 조용히 말했다.

한윤철은 멈추지 않고 걸음을 내딛으며 입을 열었다.

"아니, 해야 할 일이 있습니다."

한윤철은 올라올 때의 너덧 배는 되는 시간을 소모한 끝에 간신이 밖에 세워둔 차에 올라 탈 수 있었다.

어느 정도 회복되기는 했지만 여전히 사지가 파르르 떨리고 제대로 움직여지지 않았다.

하지만 이대로 쉬고 있을 틈이 없었다.

억지로 차에 시동을 건 한윤철은 핸들을 콱 움켜쥐고는 천천히 어디론가 차를 몰아가기 시작했다.

'대체 어디 있는 거냐, 첸'

나직이 중얼거리며 한윤철은 조금씩 액셀을 밟아갔다.

모든 사건을 해결할 열쇠, 첸 카이후를 찾기 위해.

*　　　　*　　　　*

"생각보다 너무 늦게 도착한 것 같아 미안하구만."

"아닙니다. 덕분에 무사히 도착했네요. 고마웠습니다."

린은 살짝 미소를 지으며 감사의 인사를 건넸다. 어부는 사람 좋은 미소를 지으며 배에 올랐다.

"여튼 잘 가시구랴."

어부는 손을 휘휘 내저으며 뱃머리를 돌려 바다로 향했다.

시야에서 점점 멀어져 가는 고깃배를 가만히 바라보던 린의 귓가에 첸의 나직한 음성이 날아들었다.

"이제 가보자꾸나, 린."

"예, 대인."

대답과 함께 돌아선 린은 조심스레 다가가 첸의 휠체어를 천천히 밀며 걸음을 옮기기 시작했다. 그 뒤를 두 친위대원이 말없이 뒤따랐다.

포구를 벗어나 한참 걸음을 옮기던 린은 문득 느껴지는 시선에 그 자리에서 걸음을 멈췄다.

"왜 그러십니까, 조장?"

왼쪽에 있던 샤오가 고개를 갸웃거리며 낮은 음성으로 물었다.

린은 대답 대신 천천히 주위를 둘러보았다.

얼핏 보기에도 동네 백수건달로 보이는 몇몇 사내가 건들거리며 주위를 오가고 있었다.

사내들에게서는 별다른 살기는 느껴지지 않았다.

낯선 차림을 한 일행을 흘끔거리며 쳐다보고 있을 뿐이었다.

낯선 차림의 일행을 신기하게 보는 것 같았다.

아니, 조금 다른 느낌이기는 했지만 위험해 보이지는 않았다.

완전히 안심할 수는 없었지만 린은 나직이 한숨을 내쉬며 입을 열었다.

"후우. 아무것도 아냐. 서두르자. 괜히 눈에 더 띄었다간 추적자들에게 꼬투리 잡힐지도 모르니."

"알겠습니다."

린과 두 친위대원은 걸음을 서둘렀다.

문득 맞은편에서 술에 취한 것으로 보이는 한 사내가 비틀거리며 다가오는 것이 보였다.

린은 살짝 걸음을 돌려 피하려 했지만 술 취한 사내는 걸걸한 음성을 뱉어내며 곧장 일행에게 다가왔다.

"끄어어! 취한다, 취해. 엉? 저것들은 뭐여?"

사내는 게슴츠레한 눈으로 린을 바라보더니 히죽 미소를 지으며 가까이 다가와 린에게 수작을 걸기 시작했다.

"이봐, 아가씨. 이런 노친네는 내버려 두고 나랑 한 잔 걸치는 게 어때? 밤까지 질펀하게 한 번 놀아보자고. 내가 뿅 가게 해줄 테니까. 크크크."

사내는 음흉한 미소를 지으며 린의 가슴으로 손을 뻗었다.

사내의 손이 막 가슴에 닿으려는 찰나, 린이 사내의 손목을 낚아채며 그대로 팔을 뒤로 꺾었다.

우득—

뼈가 어긋나는 소리와 함께 술에 취한 사내가 고통에 찬 비명을 토해냈다.

"끄아악!"

예상치 못한 충격에 사내는 그대로 벌렁 드러누워 바닥을 뒹굴었다.

린은 쓰러진 사내를 거들떠보지도 않고 빠른 걸음으로 일행과 함께 사라졌다.

첸 일행이 완전히 시야에서 사라지자 바닥을 뒹굴던 술에 취한 사내가 올칵 인상을 찌푸린 채 천천히 몸을 일으켰다.

주위를 어슬렁거리던 백수건달 몇몇이 사내에게 다가와 말을 걸었다.

"괜찮수, 형님?"

몸을 일으킨 사내의 팔은 어깨 관절이 빠져 힘없이 덜렁거리고 있었다.

사내는 밀려오는 통증에 미간을 찌푸린 채 소리쳤다.

"인마! 지금 이게 괜찮아 보이냐? 으으. 이거 부러진 건 아닌가 모르겠다. 근데 맞디?"

"그런 거 같습디다."

"아마도."

사내의 질문에 몇몇 백수건달이 고개를 끄덕였다.

사내는 덜렁거리는 왼팔을 다른 손으로 붙잡으며 버럭 소리쳤다.

"그럼 뭐하는 거야? 빨랑 철영이 형님한테 연락부터 하라고!"

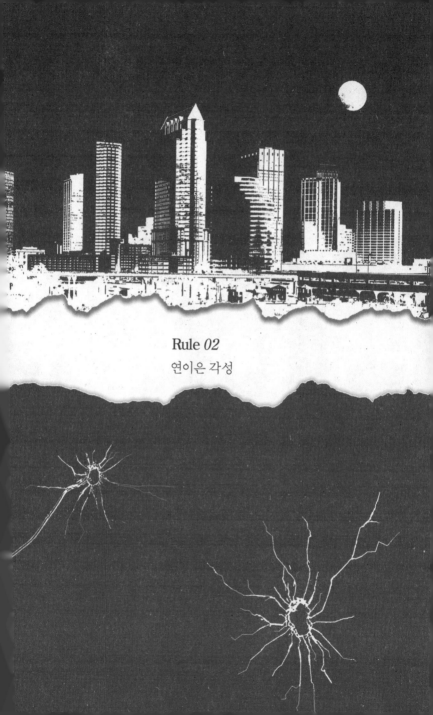

Rule *02*
연이은 각성

"대권속탄은 얼마나 있지?"

베아투스의 영업시간이 끝나고 뒷정리를 하고 있을 무렵, 정찬혁이 불쑥 질문을 던졌다.

바지런한 손놀림으로 테이블을 정리하고 있던 신유진은 잠깐 멈칫했다. 하지만 이내 다시 움직이며 대답했다.

"지난번에 드린 게 마지막이었어요. 탄창 세 개 정도 분량이었죠, 아마?"

"더 만들 수는 없는 거냐?"

정찬혁의 물음에 신유진은 가만히 고개를 내저었다.

"당장은 불가능해요. 재료도 구하기 힘들고, 저도 기운이 다해서……. 적어도 두어 달은 쉬면서 기운을 회복해야 해요."

"그런가……."

정찬혁은 나직이 중얼거리며 생각에 잠겼다.

남은 대권속탄은 정확히 50발.

글록19의 탄창 세 개를 가득 채우고 다섯 발이 남는 분량이었다.

지난번 두 권속을 쓰러뜨릴 때 탄창 하나를 다 쓴 것을 생각하면 많이 부족했다.

아직 남은 권속이 일곱이었으니.

대권속탄을 사용해 어찌어찌 남은 권속을 모두 쓰러뜨렸다고 해도 문제였다.

권속의 주인인 '그'를 상대하려면 탄창 하나 정도는 남겨 둬야 했다.

결국 남은 일곱 권속은 35발의 대권속탄으로 쓰러뜨려야 한다는 뜻이었다.

절로 한숨이 흘러나왔다.

'그'를 상대하기 위해서 생각해 낸 나름의 대책은 있었다.

하지만 그것은 역시나 대권속탄 탄창 하나를 일순에 모조리 쓰는 것이었다.

통하지 않을지도 모르지만 지금의 상황에서 생각할 수 있는 최선이었다. 그러려면 필요한 것이 하나 있었다.

"그러면 이 총은 어떻지? 똑같은 걸 만들 수 있을까?"

정찬혁은 글록19를 꺼내 탁자에 내려놓으며 물었다.

잠시 생각하는 것 같던 신유진은 이내 대답했다.

"약간 개조만 하면 한 자루 정도는 만들 수 있어요."

"얼마나 걸리지?"

"으음. 길어도 사흘이면 충분해요. 전에 한 번 만들어 본 거니까요."

"그럼 부탁하겠다."

"맡겨주세요."

신유진은 빙긋 미소를 지으며 고개를 끄덕였다.

용건을 마친 정찬혁은 이내 말없이 잔을 씻고 카운터를 정리했다.

문득 그리 멀지 않은 시간에 남은 권속을 비롯해, '그'를 만날 수 있을 거라는 생각이 떠올랐다.

이상하게도 두려움은 전혀 없었다.

권속 둘을 그렇게 힘겹게 쓰러뜨렸음에도 어떻게든 상대할 수 있을 것 같은 예감이 들었다.

물론 마구잡이로 대권속탄을 사용할 수는 없겠지만.

그러는 사이 카페 정리가 마무리되었다.

신유진은 에이프런을 휙 벗어 던지고는 후다닥 서둘러 밖으로 나갔다.

"그럼 전 바로 준비할게요. 사흘 동안은 그냥 푹 쉬어요, 찬혁 씨."

"알겠다."

정찬혁의 대답도 채 듣기도 전에 신유진의 모습은 이미 저 멀리 사라져 버린 후였다.

머그컵에 묻은 물기를 닦던 정찬혁은 카운터에서 나와 문을 잠그고 불을 껐다.

길가에 켜져 있는 가로등의 빛이 카페 안으로 흘러들었다.

정찬혁은 희미한 빛에 의지해 조용히 하던 일을 계속하기 시작했다.

*   *   *

"이 노인을 본 적이 있습니까?"

한윤철은 밤늦도록 인천항 인근의 포구를 두리번거리며 지나다니는 사람들에게 첸의 사진을 불쑥 내밀었다.

대부분은 고개를 내저으며 본 적이 없다고 대답해 주었지만 몇몇 사람은 한윤철의 표정에 경계심을 가지고 난색을 보이며 피하기도 했다.

어느 정도 놀람이 가라앉기는 했지만 완전히 가시지 않은 탓이었다.

한윤철이 아니라 다른 누군가가 그 사실을 알게 되었더라도 비슷한 반응을 보일 것이다.

그만큼 한윤철이 알게 된 사실은 충격적인 것이었다.

차분히 충격을 가라앉힐 시간이 필요한 상황이었지만, 아무것도 하지 않고 있으면 오히려 머릿속에 더 복잡해질 것 같았다.

때문에 무리를 해서라도 이렇게 밖으로 나온 것이었다.

휘잉—!

몇 시간이나 차가운 바닷바람을 쐬며 돌아다닌 후에야 한윤철은 간신히 제 정신을 찾을 수 있었다.

충격이 완전히 가시자 냉정함이 가득했다.

구룡회와 윤준식 대통령 간의 은밀한 커넥션.

현재로서는 확실히 내세울 수 있는 물적 증거가 없는 가능성이 높은 추측에 불과할 뿐이었다.

아무리 정황적으로 확실하다 해도 당사자의 증언이나, 물적 증거가 없다면 섣불리 속단할 수 없는 일이었다.

가장 먼저 해야 할 일은 증인과 증거를 찾는 일이었다.

그것은 첸의 신병을 확보한다면 쉽사리 해결할 수 있었다.

한윤철은 놀람을 가라앉히지 못하고 혼란스러운 상황에서

도 본능적으로 가장 적합한 일을 하고 있던 것이었다.

모든 진상을 세간에 공표하던, 그러지 않던 간에 우선 첸의 행방을 찾고 볼 일이었다.

한윤철은 깊게 숨을 들이 쉬었다.

차가운 공기가 온몸에 퍼져 나갔다. 정신이 번쩍 들었다. 한윤철은 그 자리에 가만히 선 채로 주위를 둘러보았다.

늦은 밤이라 오가는 사람들이 거의 보이지 않았다.

손목시계는 새벽 2시를 가리키고 있었다.

길게 한숨을 내쉬며 한윤철은 천천히 돌아서서 차를 세워 둔 곳으로 걸음을 옮기기 시작했다.

다음 날 한윤철은 이른 아침부터 인천항으로 향했다.

다행히 주말이라 출근하지 않아도 괜찮은 덕이었다.

그동안 한윤철은 인천항을 중심으로 바닷가를 따라 쭈욱 북상하며 눈에 띄는 크고 작은 포구를 찾아가고 있었다.

하지만 이번에는 아예 바다 건너 사람들이 살고 있는 섬 쪽을 뒤져볼 생각이었다.

어차피 인천항 인근은 청산파의 이철영에게 부탁해 두었으니 굳이 따로 뒤져볼 필요가 없다는 판단이 든 탓이었다.

게다가 첸이 곧장 인천 인근으로 밀항한다는 보장도 없었다.

인근의 섬으로 들어와 여객선이나 작은 고깃배를 타고 인천항으로 온다면 이철영의 눈을 벗어날지도 몰랐다.

인천항 부근에는 사람들이 살고 있는 크고 작은 섬들이 많이 있었다.

하지만 첸이 밀항할 가능성이 있는 곳은 그리 많지 않았다.

후보지로 꼽을 수 있는 곳은 섬에 있는 마을의 규모가 작지 않고, 특히나 관광객이 많이 드나들어 외지인에 대해 별 거부감이 없는 곳이었다.

목숨을 노리는 추적자들을 피해 밀항한 첸이라면 마을의 규모가 작은 섬은 피해야만 했다.

금세 외지인에 대한 소문이 퍼져 추적자들을 끌어들일 수도 있는 노릇이었으니.

한윤철도 조금만 생각하면 쉽게 떠올릴 수 있는 일을 오랜 세월 동안 홍콩의 암흑가에서 살아온 첸이 생각하지 못했을 리가 없었다.

애초에 첸이 한국으로 밀항하지 않았다면 아무런 소용없는 가정이었지만, 조금이라도 가능성이 있다면 조사를 해봐야만 했다.

근처 주차장에 차를 세워둔 한윤철은 곧장 인천항 연안여객터미널로 향했다.

주말이라 그런지 관광객으로 보이는 사람들이 북적였다.

낚시꾼의 차림새를 하고 있는 사람들도 상당수였다.

한윤철은 먼저 운항 정보를 확인했다.

여객선이 주기적으로 오가는 섬이라면 모두 살펴봐야만 했다.

일단 제주항로를 먼저 제외하고 해상분계선 부근에 있어 위험하다고 판단되는 백령항로와 연평항로를 빼면 남는 항로는 모두 세 개뿐이었다.

"어디 보자… 제일 먼저 출발하는 게 덕적항로인가?"

오전 8시에 출발해 몇 개의 섬을 거쳐 덕적도에 기항하는 항로였다.

곧장 매표소에서 표를 샀다. 돈이 조금 더 들기는 했지만 다행히도 차를 실을 수 있는 차도선이었다.

덕적도는 비교적 큰 섬이라 차로 이동해야만 했으니.

출발 시간이 얼마 남지 않아 벌써부터 카페리에 차량을 실고 있는 것을 확인한 한윤철은 그대로 주차장으로 내달렸다.

이내 배에 차를 실은 한윤철은 나직이 한숨을 내쉬며 차에서 내렸다.

바닥이 진동할 정도의 커다란 출항 뱃고동과 함께 고속페리선은 터미널을 떠나 덕적도를 향해 빠른 속도로 이동을 시작했다.

한윤철이 탄 고속페리선이 덕적도의 진리 선착장에 도착한 것은 예정시간 보다 조금 늦은 11시 즈음이었다.

한윤철은 차에 시동을 걸고 다른 차가 빠져나가기를 가만히 기다렸다.

카페리를 빠져나온 한윤철은 근처에 차를 세워두고 난 후에 돌아가는 배편을 확인했다.

차도선은 오후 2시에 출발하는 것밖에 없었다.

앞으로 3시간 내에 덕적도를 모두 둘러보는 것은 시간적으로 한계가 있었다.

마침 내일이 일요일이니 하루 정도 충분히 시간을 들이는 게 좋을 것 같았다.

잠은 굳이 민박을 빌릴 것도 없이 차에서 해결할 수 있는 일이었으니.

잠시 선착장 주위를 둘러보던 한윤철은 이내 매표소로 다가갔다.

미리 내일 떠날 배편을 예매하고, 덕적도를 오가는 사람들을 가장 많이 보는 매표소 직원에게 질문도 할 생각이었다.

차도선 매표소는 선착장에서 조금 떨어진 곳이었다.

한윤철은 먼저 가까운 곳에 있는 매표소에 들렀다.

덕적바다역이라고 쓰여 있는 건물이었다. 주말이라 그런지 그리 넓지 않은 매표소에는 사람들이 북적이고 있었다.

한윤철은 곧장 매표소로 다가갔다.

몇몇 사람은 한윤철이 새치기를 하는 것으로 생각하고 무어라 욕설을 뱉어내기도 했다.

"어엇! 뭐하는 겁니까?"

"새치기냐, ×발!"

하지만 한윤철은 아랑곳하지 않고 사람들 사이를 뚫고 매표소로 다가가 품속에서 검사증을 꺼내보였다.

"대검찰청 소속 한윤철 검삽니다."

한윤철의 말에 매표소 직원은 휘둥그레진 눈으로 자신의 앞에 내밀어진 검사증을 바라보았다.

표를 사려고 줄을 서 있던 사람들도 놀란 것은 마찬가지였다.

웅성거리던 사람들은 저마다 자신의 놀람을 침묵으로 표현했다.

"거, 검사님이 왜 이런 곳에……?"

매표소 직원은 반쯤 얼빠진 얼굴로 더듬거리며 물었다.

한윤철은 검사증을 다시 품속에 넣으며 첸이 찍혀 있는 사진을 꺼냈다.

"사람을 좀 찾고 있습니다. 혹시 최근에 이 노인을 보신 적이 있습니까?"

얼결에 받아든 사진을 가만히 바라보던 매표소 직원은 이내 고개를 가로저었다.

"아뇨. 본 적 없습니다. 차림새가 독특해서 제가 봤다면 금방 알 수 있었을 겁니다. 근데 무슨 일입니까?"

"별일 아니니 그리 신경 쓰지 마십시오. 아는 분께 가출한 할아버지를 찾아달라는 부탁을 받았거든요. 혹시나 다른 분들께도 여쭤봐 주실 수 있겠습니다. 아시는 분이 있으면 사진 뒤에 써놓은 번호로 연락 주십시오."

한윤철은 별 대수롭지 않다는 듯 피식 미소를 말했다.

외부로 나가는 길이 한정적인 곳에서의 소문은 눈 깜짝할 사이에 퍼지는 법이었다.

만약 사건 수사 때문에 왔다고 했다면 덕적도 주민들은 한윤철에게 경계심을 가지게 될 것이다.

하지만 단순히 지인의 부탁 때문에 사람을 찾으러 온 것이라고 하면, 그리 큰 소문이 나지는 않을 것이다.

다만 검사의 지위를 개인적으로 이용한다는 험담을 들을 수는 있겠지만. 그 정도야 충분히 예상하는 바였다

한윤철의 말에 매표소 직원은 가만히 고개를 끄덕이며 사진을 한쪽 옆에 내려놓았다.

"알겠습니다. 이따 퇴근하면 물어보지요."

"신경 써주셔서 감사합니다."

꾸벅 인사를 하고는 한윤철은 돌아서서 매표소를 나섰다.

걸어서 차도선 매표소로 향하려던 한윤철은 생각을 바꿔 주차장으로 향했다.

어차피 계속 차로 이동할 생각이라 걸어서 왔다 갔다 하는 것보다는 나을 것 같았다.

차에 올라탄 한윤철은 곧장 차도선 매표소로 향했다. 두 매표소 간의 거리는 1㎞도 채 되지 않았다.

덕적바다역과는 달리 차도선 매표소는 낡은 컨테이너 박스였다.

가까이 다가가자 손으로 슥슥 써놓은 안내문이 눈에 들어왔다.

생각과는 달리 예매를 하지는 않고, 출발 한 시간 전부터 표를 판다고 쓰여 있었다.

미리 표를 사둘 생각이었던 한윤철은 나직이 한숨을 내쉬며 매표소 안으로 들어섰다.

낚시꾼처럼 보이는 사내 몇몇과 매표소 직원으로 보이는 중년 사내가 무어라 대화를 나누고 있었다.

"실례합니다만 말씀 좀 여쭙겠습니다."

"무슨 일이쇼?"

한윤철의 말에 매표소 직원이 고개를 갸웃했다.

한윤철은 품속에서 첸의 사진을 꺼내 매표소 직원에게 건넸다.

덕적바다역과는 달리 사람이 많지 않아 굳이 검사증을 꺼낼 필요는 없었다.

"혹시 이 노인을 최근에 보신 적 있으십니까?"

매표소 직원은 사진을 힐끗 보더니 고개를 가로저었다.

"난 본 적 없는 것 같은데. 혹시 자네들 이 영감님 본 적 있나?"

매표소 직원은 대화를 나누던 낚시꾼에게 사진을 건넸다. 낚시꾼들의 반응도 매표소 직원과 다르지 않았다.

"처음 보는데요?"

"저도 처음입니다만."

매표소 직원은 한윤철에게로 고개를 돌리며 입을 열었다.

"그렇다는 구려. 근데 무슨 일이요?"

"얼마 전에 가출한 할아버질 찾고 있습니다. 이 근방으로 가는 배를 탔다는 얘길 얼핏 들어서⋯⋯."

"허허. 다 늙어서 가출이라니. 그 영감님도 대단하시구만. 아마 여긴 안 오셨을 거요. 밖에서 덕적도에 오려면 여길 거쳐야 하니까 말이오."

"혹시나 모를 일이니 마을의 다른 분들께도 좀 여쭤봐 주시지 않겠습니까? 아시는 분이 있으면 바로 연락 주십시오. 사진 뒤에 휴대폰 번호가 있습니다."

들고 있던 사진을 뒤집어 휘갈겨 쓴 휴대폰 번호를 힐끗 본 매표소 직원이 고개를 끄덕였다.

"알겠소."

"그럼 실례했습니다."

차로 돌아온 한윤철은 시동을 건채로 미리 준비해 둔 덕적도 지도를 펼쳤다.

총면적이나 마을의 위치, 규모로 보아 하루 정도면 충분히 모두 돌아볼 수 있을 것 같았다.

한윤철은 가만히 지도를 바라보며 탐색 루트를 결정했다.

해안 도로를 타고 덕적도를 시계방향으로 한 바퀴 둘러보는 루트였다.

한윤철은 지도를 뒷좌석에 아무렇게나 던져 놓으며 액셀을 밟았다.

어느새 주위가 어둑어둑 해졌다.

시곗바늘은 밤 11시를 가리키고 있었다.

한윤철은 진리 선착장의 맞은편에 위치한 서포2리를 지나고 있었다.

앞서 들은 진리나 서포1리에는 관광객들을 위한 민박이나, 펜션 같은 숙박업소가 여기저기 눈에 띄었지만 서포2리는 달랐다.

마을 대부분의 땅이 논이었고, 관광객을 위한 시설은 거의 보이지 않았다.

차를 몰고 주위를 돌아봤지만 밤을 보낼 만한 곳을 찾을 수 없었다.

한윤철은 나직이 한숨을 내쉬며 도로 가에 차를 세웠다.

"역시 차에서 자야 하나?"

어쩔 수 없었다.

한윤철은 도어 락을 걸고 시동을 껐다.

그리곤 시트를 뒤로 젖히고 벌렁 드러누웠다.

피로가 쌓인 탓인지 절로 스륵 두 눈이 감겼다. 이내 한윤철은 잠에 빠져 들었다.

*   *   *

정찬혁은 전에 없이 잠을 설치고 있었다.

자려고 마음먹고 침대에 누운 지 벌써 두 시간이 지났음에도 이리 뒤척, 저리 뒤척이고 있을 뿐 잠이 들지 않았다.

정찬혁은 자리에 누운 채로 힐끔 벽시계를 바라보았다.

시계 바늘은 막 새벽 3시를 지나고 있었다.

이상한 일이었다.

지금의 정찬혁은 생활 리듬이 보통 사람과 거의 흡사해진 상태였다.

아무리 최근 며칠은 숙주를 찾아다니지 않았다고는 해도 이런 늦은 시간에 잠들지 않을 리가 없었다.

정찬혁은 다시 눈을 감고 벽시계를 등진 채 돌아누웠다.

조금이라도 자둬야 소모된 체력을 회복할 수 있을 것이다.

정찬혁은 몸을 동그랗게 말고는 담요를 머리끝까지 끌어올려 덮었다.

거의 한 시간여가 더 지난 후에야 정찬혁은 간신히 잠들 수 있었다.

―눈을 떠라……

갑작스레 머릿속을 울리는 기이한 음성에 정찬혁은 저도 모르게 눈을 번쩍 떴다.

얼마나 잠이 들어 있었던 건지 가늠할 수 없었다.

무언가 무거운 것으로 짓누르는 것처럼 머리가 무거웠다.

정찬혁은 천천히 벽시계를 향해 고개를 돌렸다.

새벽 4시 15분.

간신히 잠이 든 지 고작해야 채 10분도 지나지 않은 시간이었다.

정찬혁은 저도 모르게 길게 한숨을 내쉬었다.

아직 두 시간 이상 잘 수 있는 시간이었다. 정찬혁은 다시 한 번 스륵 눈을 감았다.

그때였다.

—눈을 떠라, 나의 종들이여……!

또다시 들려온 음성에 정찬혁은 눈을 떴다.

조금 전에는 잠결이라 잘못 들은 거라 생각했지만 이번에는 아니었다.

분명 머릿속으로 직접 들려온 음성이었다.

"뭐, 뭐지. 이 목소린……?"

정찬혁은 나직이 중얼거리며 천천히 몸을 일으켰다.

여전히 머리가 무거웠다.

정찬혁은 손을 들어 지끈거리는 이마를 매만졌다.

그제야 정찬혁은 자신의 온몸이 식은땀으로 흠뻑 젖어 있다는 것을 알 수 있었다.

덮고 있던 담요가 땀을 빨아들여 눅눅해져 있었다.

젖은 담요를 걷어낸 정찬혁은 침대 가에 걸터앉아 수건을 들고 땀을 닦아냈다.

여전히 머리가 쇳덩이처럼 무거웠다.

감기 몸살에라도 걸린 것 같은 상태였다.

하지만 그보다도 정찬혁의 신경을 쓰이게 하는 것이 있었다. 갑작스레 들려온 정체불명의 목소리.

꿈이나 환청이라고 하기에는 너무도 뚜렷한 음성이었다.

귀로 들려온 음성이 아니었다.

머릿속을 직접 울리는 소리였다. 대체 누구의 목소리란 말인가. 알 수 없는 일이었다.

순간!

─어서 눈을 떠라! 나의 종들이여…….

두근!

─때가 가까웠다. 나의 앞길을 예비하라.

두근!

─일어나라…….

두근!

연이어 들려온 정체불명의 목소리에 정찬혁의 심장이 격동했다.

이마에 식은땀이 송글송글 맺히기 시작했다.

단단한 망치로 머리를 두드리는 것처럼 묵직한 두통이 느껴졌다.

"으윽……."

낮은 신음을 토해내며 정찬혁은 두 손으로 머리를 감싸 쥐었다.

지독한 통증이었다.

이전까지와는 달리 죽음의 기운이 가득한 통증이었다.

정찬혁은 부러져라 이를 악물었다.

으득, 하는 소리와 함께 한줄기 피가 입가로 흘러내렸다.

정체불명의 음성은 그 후로도 한참 동안이나 계속해서 들려왔다.

별다른 내용은 없었다. 그저 때가 가까워 오니 눈을 뜨라고 하는 명령뿐이었다.

목소리가 들려올 때마다 느껴지는 심장의 격동과 지독한 두통으로 정찬혁은 두 손으로 머리를 감싸 쥔 채 몸을 둥글게 웅크리고 있었다.

그동안 본능적으로 해왔던 고통을 감내하는 법이었다.

얼마나 시간이 지났을까.

정체불명의 음성은 더 이상 들려오지 않았다.

그와 함께 두통이 차츰 가라앉았다.

정찬혁은 둥글게 말고 있던 허리를 펴고 천천히 몸을 일으켰다.

온몸이 마치 폭우 속에 맨몸으로 서 있었던 것처럼 흠뻑 젖어 있었다.

정찬혁은 그 자리에 선 채로 고개를 돌렸다.

어느새 시간은 오전 8시가 넘어 있었다.

체감할 수는 없었지만 거의 4시간 동안 정체불명의 목소리를 들으며 지독한 두통을 감내해 왔다는 뜻이었다.

어째서 갑자기 그런 목소리가 머릿속으로 전해진 것인가.

아무리 생각해 보아도 답을 얻을 수 없었다.

그저 희미한 불안함이 조금씩 머릿속을 맴돌 뿐이었다.

정찬혁은 저도 모르게 나직이 중얼거렸다.

"아무래도… 얼마 남지 않은 모양이군."

신유진은 여느 때처럼 오전 9시가 되기 10분 전에 원룸을 나섰다.

베아투스의 영업시간은 오전 10시부터, 한 시간 정도 전부터 준비를 해야 했다.

신유진이 원룸을 나선 지 얼마 되지 않아 금방 도착할 수 있었다.

"응? 찬혁 씨가 아직 자나?"

아직까지 문이 잠겨 있는 것에 신유진은 고개를 갸웃하며 중얼거렸다.

지금까지는 항상 정찬혁이 먼저 나와 문을 열어 놓고 있었다.

아무래도 늦잠이라도 자고 있는 모양이었다. 신유진은 솔

더백을 뒤져 열쇠를 꺼냈다.

문을 열고 카페 안으로 들어가자, 막 준비실에서 밖으로 나오는 정찬혁과 마주쳤다.

신유진은 빙긋 미소를 지으며 입을 열었다.

"좀 피곤했…… 응? 얼굴이 왜 그래요, 찬혁 씨?"

무어라 핀잔을 주려던 신유진은 놀란 눈으로 정찬혁을 바라보았다.

하룻밤 사이에 무슨 일이 있었던 것인지 눈이 움푹 들어가고 핼쑥해 보였다.

며칠은 앓아누웠던 것처럼 기력이 쇠하고 지친 것 같았다.

정찬혁은 고개를 내저으며 맥없는 음성으로 말했다.

"아무것도 아니다. 좀 잠을 설쳤을 뿐."

말은 그렇게 했지만 신유진이 보기에는 그저 잠을 설친 정도의 안색으로는 보이지 않았다.

창백한 안색에 머리칼도 젖어 있는 걸로 보아 식은땀을 흠뻑 흘린 것 같았다.

'감기 몸살이라도 걸린 걸까?'

그럴 리는 없었다.

아무리 정찬혁의 몸이 거의 살아 있는 상태로 돌아왔다고는 하지만 보통 사람과는 달랐다.

한겨울에 알몸으로 하루 종일 밖에 있는 다고 해도 감기 따위에 걸릴 리가 없었다.

"정말 괜찮은 거예요?"

신유진은 다시 한 번 물었다.

어느새 카운터에서 영업 준비를 하고 있는 정찬혁은 고개를 끄덕였다.

"걱정 마라. 난 괜찮으니."

무표정한 얼굴로 정찬혁은 여느 때처럼 찬장을 정리하기 시작했다.

걱정스러운 얼굴로 그 모습을 가만히 지켜보던 신유진은 나직이 한숨을 내쉬었다.

저녁 8시 30분.

베아투스의 영업을 마칠 시간이었다.

마지막까지 남아 있던 손님은 5분 정도가 더 지나서야 몸을 일으켰다.

손님이 밖으로 나가자 신유진은 곧장 밖으로 나가 'Closed'라는 팻말을 내걸고 문을 잠갔다.

조명의 조도를 낮추고 신유진은 테이블 정리를 시작했다.

테이블을 치우면서도 신유진은 힐끗 정찬혁의 안색을 살폈다.

낮은 조도 때문인지 그나마 조금 괜찮은 것 같았다.

하지만 역시나 기운이 없고 피곤해 보이기는 마찬가지였다.

영업시간 중에도 틈만 나면 정찬혁의 안색을 살펴본 신유진이었다.

몇몇 단골손님도 어디 아픈 건 아니냐는 질문을 던지기도 했다. 물론 정찬혁은 괜찮다며 고개를 내저었다.

이내 정리를 끝낸 신유진은 에이프런을 벗어들고는 준비실로 들어갔다.

금세 밖으로 나온 신유진은 정찬혁에게 다가갔다. 정찬혁은 조용히 머그컵을 씻고 있었다.

"조금만 기다려라. 곧 끝날 거다."

정찬혁은 컵을 씻느라 신유진에게 등을 보인 채 조용히 말했다.

신유진은 가까이 있는 의자 하나를 가져와 카운터 앞에 앉았다. 그리곤 숄더백에서 무언가를 꺼내 내려놓았다.

탁—

익숙한 낮은 금속성에 정찬혁은 천천히 고개를 돌렸다.

카운터에 검은 금속 물체, 글록19가 놓여 있었다.

손에 묻은 물기를 닦아낸 정찬혁은 권총을 집어 들었다.

습관적으로 분해 조립을 하며 권총의 상태를 확인한 정찬혁은 피식 미소를 지었다.

지금 사용하고 있는 것과 거의 차이가 없는 잘 만들어진 권총이었다.

"좀 늦어질 것 같다더니 다행이로군."

"그거 때문에 어젯밤도 꼬박 샜다고요."

"잘 쓰도록 하지."

정찬혁은 권총을 품속에 갈무리하고는 다시 돌아서서 남은 컵을 마저 씻었다.

숄더백을 어깨에 걸치며 몸을 일으킨 신유진이 말했다.

"그럼 전 이만 가볼게요."

멈칫한 정찬혁이 고개를 돌렸다.

"오늘도 그냥 넘길 생각이냐?"

안 그래도 지난 며칠 간 신유진이 글록19를 만드느라 숙주를 찾는 일을 쉬고 있던 참이었다.

막 입구로 걸음을 옮기려던 신유진은 나직이 한숨을 내쉬며 고개를 돌려 정찬혁을 바라보았다.

"하아. 거울이나 좀 보시고 그런 얘기하시죠? 그 꼴을 하고 밤새도록 숙주를 찾아다닐 셈이에요? 그냥 오늘은 딴생각 말고 푹 쉬어요. 내일이 카페 쉬는 날이니 마침 잘됐네요. 아무것도 하지 말고 그냥 푹 쉬는 거예요. 알겠죠?"

신유진은 대답도 듣지 않고 그대로 돌아서서 밖으로 걸음을 옮기기 시작했다.

물끄러미 그 모습을 바라보던 정찬혁은 이내 무표정한 얼굴로 남은 컵을 씻고 정리하기 시작했다.

이틀이 지나고 아침 일찍 카페로 들어선 신유진은 할 말을 잃었다.

푹 쉬면 나아질 거라 생각했던 정찬혁의 안색이 이틀 전에 비해 훨씬 핼쑥해져 있는 탓이었다.

신유진은 놀란 눈으로 정찬혁을 바라보며 조심스레 물었다.

"괘, 괜찮아요, 찬혁 씨?"

카페를 쉬는 동안 내내 정체불명의 목소리에 밤마다 시달린 정찬혁이었다.

아직까지 두통이 남아 있는 것 같았지만 의식은 오히려 이전보다 더욱 맑았다.

정체불명의 목소리가 누구의 것인지 대충이나마 짐작도 하고 있었다.

아마도 남은 권속들을 깨우기 위한 '그'의 음성일 것이다.

어째서 자신에게 '그'의 목소리가 전해지는 것인지는 알 수 없었지만.

신유진에게 얘기해 봐야 답을 얻기는커녕 쓸데없는 걱정만 할 것 같아 정찬혁은 아무 말도 하지 않기로 했다.

때문에 정찬혁은 귓가로 날아든 신유진의 질문에 그저 짧은 대답을 할 수밖에 없었다.

"괜찮다."

*　　*　　*

우우웅—

낮은 휴대폰 진동음이 조용히 울려 퍼졌다.

차 안에서 잠이 들어 있던 한윤철은 순간적으로 몸을 움찔 떨었다.

하지만 깨어나지는 않고 꿈틀거리며 돌아누웠다.

우우웅—!

다시 한 번 휴대폰이 진동하자 한윤철은 잠에서 덜 깬 음성으로 구시렁댔다.

"으음. 뭐가 이리 시끄러?"

원래 휴대폰을 머리맡에 두고 자는 버릇이 있는 터라 한윤철은 습관적으로 손을 뻗었다.

아무것도 잡히지 않고 한윤철의 손은 그저 허공을 휩쓸 뿐이었다.

그제야 자신이 차 안에서 잠든 것을 깨달은 한윤철은 눈을 뜨고 뒤로 젖힌 시트를 원래대로 되돌렸다.

우우웅―!

그러는 중에도 휴대폰은 계속 진동했다.

눈곱이 낀 눈을 부비며 한윤철은 휴대폰을 찾아 차안을 살폈다.

아무렇게나 던져 놓은 탓에 휴대폰은 조수석 틈새에 끼여 있었다.

여전히 진동하고 있는 휴대폰을 집어 든 한윤철은 통화 버튼을 누르며 수화기를 귀에 가져갔다.

"여보세요?"

막 잠에서 깬 터라 낮게 잠긴 음성이 흘러나왔다. 이내 상대의 음성이 들려왔다.

―한윤철 검사인가?

"그렇습니다만 누구시죠?"

―나 이철영이다.

하품을 하며 이미 훤해진 창밖을 내다보던 한윤철은 상대의 말에 눈이 번쩍 뜨였다.

밀항 루트를 체크해 달라고 부탁했던 이철영으로부터의 전화였으니 순식간에 잠이 달아날 만도 했다.

한윤철은 잠긴 목을 풀려고 낮게 헛기침하며 입을 열었다.

"크험. 혹시 차, 찾은 겁니까?"

이철영이 전화한 용건이라면 그것밖에는 없었다.

역시나 이철영의 대답은 한윤철이 예상하던 것과 같았다.

─엊그제 전곡항 부근에 있는 작은 포구에서 그 노인을 본 사람이 몇몇 있더군.

"엊그제라고요?"

─혼자가 아니었다더군. 여자 하나와 남자 둘이 그 노인과 같이 있었다고 하더라고. 여하튼 난 전해 줬으니, 이번에는 그쪽이 약속을 지킬 차례다. 앞으로 잘 부탁하지.

한윤철이 무어라 하기도 전에 이철영의 전화는 그대로 끊어졌다.

한윤철은 휴대폰을 든 채로 저도 모르게 중얼거렸다.

"혼자가 아니라고?"

하긴 그럴 만도 했다.

제대로 거동을 할 수 없어서 휠체어에 탄 노인이 단신으로 밀항을 할 수는 없었을 테니. 미처 생각지 못했던 사실이었다.

"당장 그쪽으로 가봐야겠군."

이내 정신을 차린 한윤철은 곧장 시동을 걸고 진리 선착장을 향해 빠른 속도로 차를 몰았다.

첸이 전곡항 부근에 나타났다는 것만 알게 된 것이 못내 아쉬웠지만 어차피 이철영에게서 기대한 것은 그 정도뿐이었다.

지금껏 흔적도 찾지 못했던 첸이 한국에 있다는 것을 확인한 것만으로도 큰 수확이라 생각하며 한윤철은 강하게 액셀을 밟았다.

　한윤철이 인천항에 도착한 시간은 오후 5시가 넘어서였다.
　도착하자마자 이철영에게 연락한 한윤철은 곧장 첸을 발견했다는 포구로 내달렸다.
　고깃배 너덧 척이 정박되어 있는 한적한 어촌이었다.
　이철영이 미리 연락을 해둔 것인지 건장한 체격의 사내 둘이 한윤철을 기다리고 있었다.
　당시의 일을 상세하게 전해들은 한윤철은 사내들에게 질문을 던졌다.
　"혹시 이 근처에 시외버스 터미널이 있습니까?"
　"저쪽으로 한 30분 정도 쭉 가다가 보면 나옵니다."
　사내가 가리킨 방향은 첸 일행이 사라졌다는 방향과 거의 일치했다.
　한윤철은 차를 타고 곧장 시외버스 터미널로 향했다. 매표소에는 배불뚝이 중년 사내가 앉아 있었다.
　"혹시 이 노인을 본 적이 있습니까? 검은색 정장을 입은 여자 하나와 남자 둘이 같이 있었을 겁니다."
　중년 사내는 살짝 인상을 찌푸리며 사진을 쳐다보았다.

잘 보이지 않는지 연신 미간을 찌푸리던 사내는 품속에서 돋보기안경을 꺼내 들었다.

"아아! 본 적이 있는 것 같구만. 엊그제였던가? 그런 차림새를 한 사람들은 처음 보는 거라 똑똑히 기억하고 있수다. 여기서 표를 사갔지 아마?"

"어디로 갔습니까?"

"동서울 직행이었던 것 같은데?"

"알려주셔서 감사합니다."

한윤철은 중년 사내의 손에 있는 사진을 빼앗든 받아 들고는 후다닥 달려나갔다.

첸 일행이 지금은 서울에 있다는 것을 확실히 알게 되었으니 이런 곳에서 시간낭비하고 있을 겨를이 없었다.

가장 먼저 확인해 봐야 할 것은 동서울 시외버스터미널 주위에 있는 CCTV 영상들이었다.

최소한 일주일 이상의 기록은 삭제하지 않고 남아 있으니 뒤져 보면 첸이 어디로 간 것인지 대충이나마 확인할 수 있을지도 몰랐다.

차에 오른 한윤철은 시동을 걸고 곧장 휴대폰을 꺼내 마태진에게 전화했다.

―여보세요?

"사흘 전 오후 1시부터 오늘까지 동서울 터미널 주위에 있

는 CCTV영상이 필요합니다. 확보해 주실 수 있겠습니까, 마태진 씨?'

거두절미하고 용건을 바로 꺼낸 한윤철이었다.

하지만 마태진은 당황하는 기색 없이 곧장 대답했다.

─준비해 둘게요. 두 시간만 주세요. 이쪽으로 오실 거죠?

"네, 바로 가겠습니다."

*　　　*　　　*

며칠 전부터 알렉스는 이유를 알 수 없는 불쾌한 느낌에 어둠 속에서 꼼짝도 하지 않고 가만히 있었다.

누군가 계속해서 자신의 머릿속에 무어라 말하는 것 같았다.

하지만 무슨 말인지는 제대로 들리지 않았다.

그저 먼 곳에서 웅얼거리는 것 같은 소리만이 쉬지 않고 들려올 뿐이었다.

─눈… 라! 종……!

간헐적으로 알아들을 수 있는 부분이 있기는 했지만 한두 글자뿐이라 무슨 소리를 하는 건지 전혀 알 수 없었다.

음성이 들려올 때면 알렉스는 망치로 머리를 강하게 두드리는 것 같은 두통과 함께 마치 자신의 머릿속에 또 다른 누군가가 있는 것 같은 기이한 기분을 느끼곤 했다.

어떨 때는 자신이 완전히 다른 사람인 것처럼 느껴지기도 했다.

의식하지 않은 사이에 제멋대로 몸이 움직이기도 했다.

그 때문에 알렉스는 며칠 동안 방 안에 틀어박혀 꼼짝도 하지 않고 있었다.

—나의… 라……! …길을… 하라……!

또다시 들려온 정체불명의 음성에 알렉스는 으득 이를 악물고는 머리를 감싸 쥐었다.

지금까지와는 비교도 할 수 없을 정도로 엄청난 두통이 밀려왔다.

"크윽!"

절로 신음이 터져 나왔다.

의식이 아득해져 가기 시작했다.

하지만 알렉스는 온 힘을 다해 의식의 끈을 붙잡았다.

지금 정신을 잃으면 다시 깨어나지 못할 것 같은 이유를 알수 없는 두려움이 밀려왔다.

의미를 알 수 없는 정체불명의 음성은 그 후로도 한참이나
계속되었다.

두통도 점점 심해져 갔다. 이제는 날카로운 바늘 수천 개가
뇌를 찌르는 것만 같았다.

알렉스는 바닥을 뒹굴며 고통스러운 신음을 토해냈다.

버티기 힘들지? 그러면 나한테 넘겨.

낮게 속삭이듯 유혹의 음성이 들려왔다. 자신의 몸속에 있
는 다른 누군가의 목소리였다.

알렉스는 부러져라 이를 악물고 흐릿해져 가는 의식을 다
잡았다.

편하게 쉬어. 발버둥치지 말고.

정체불명의 목소리 사이사이로 뚜렷한 유혹의 음성이 계
속 귓전을 어지럽혔다.

버텨야만 했다. 알렉스는 온 힘을 다해 의식의 끈을 놓지
않으려 애썼다.

벌떡 일어난 알렉스는 벽에 머리를 쾅쾅 부딪치며 버텼다.

살이 찢어지고 머리가 깨져 피가 터져 나왔다.

순식간에 온몸이 붉게 물들었다. 뼈가 부러져라 벽에 주먹질을 했다.

허연 뼈가 드러날 정도로 살이 떨어져 나가도 알렉스는 멈추지 않았다.

절대로 정신을 잃어서는 안 된다.

상상할 수 없을 정도로 지독한 두통 속에서도 알렉스는 오로지 그것 하나만을 생각했다.

퍽―! 퍼억!

얼마나 시간이 지났을까.

벽을 후려치는 알렉스의 주먹이 점점 느려졌다.

알아들을 수 없는 말을 전하던 정체불명의 목소리가 점점 멀어져 갔다.

이제는 웅얼거리는 소리도 거의 들리지 않았다.

그와 함께 유혹의 목소리도 차츰 잦아들었다.

두통도 조금씩 줄어들었다. 알렉스는 느린 속도로 계속해서 벽을 후려쳤다.

두껍고 단단한 벽이 움푹 패여 금방이라도 깨질 것처럼 거미줄 같은 금이 생겨나 있었다.

두 줄기의 붉은 피가 흘러내려 바닥을 적시고 있었다.

어느 샌가 정체불명의 목소리가 완전히 사라졌다. 두통도 완전히 가셨다.

유혹의 음성 또한 언제 그랬냐는 듯 흔적도 없이 사라져 버렸다.

터억―

힘없는 주먹질이 벽에 닿았다. 알렉스는 벽에 주먹을 내지른 채로 멈춰 섰다.

두통이 가시자 깨진 머리와 으스러진 주먹의 통증이 느껴졌다.

털썩―

두 다리에 힘이 풀려 알렉스는 그 자리에 주저앉았다.

의식은 전에 없을 정도로 뚜렷했다.

알렉스는 파르르 떨리는 손을 들어 주먹을 꽉 움켜쥐었다.

"나는 알렉스……. 알렉스 리다……."

나직이 중얼거리며 알렉스는 자신의 존재를 확인했다.

* * *

―눈을 떠라. 나의 종들이여!

낡은 군청색 재킷을 걸친 채 골목 한쪽 구석에 드러누워 잠들어 있던 노숙자 사내는 머릿속을 울리는 기이한 음성에 번쩍 눈을 떴다.

노숙자 사내의 눈은 보통 사람과는 달리 검게 빛나고 있었다.

"나의 주인이시여. 당신의 부름에 내가 눈을 떴나이다."

노숙자 사내의 입에서 어울리지 않는 고어체 말투가 흘러나왔다.

어느새 벌떡 몸을 일으킨 노숙자 사내는 시커먼 눈빛으로 천천히 주위를 둘러보았다.

이내 노숙자 사내는 어딘가를 향해 천천히 걸음을 옮기기 시작했다.

두 시간 동안 조금도 쉬지 않고 걸음을 옮기던 노숙자 사내는 눈앞에 있는 버려진 낡은 건물 앞에서 멈춰 섰다.

맨발로 길을 걷느라 노숙자 사내의 발바닥은 까지고 찢어져 붉게 피로 물들어 있었다.

하지만 노숙자 사내는 아무런 통증도 느껴지지 않는 것처럼 태연한 얼굴이었다.

저벅! 저벅!

누군가 다가오는 걸음소리가 들려왔다.

노숙자 사내는 천천히 고개를 돌렸다.

전형적인 샐러리맨 차림의 비쩍 마른 체형의 사내가 다가오고 있었다.

샐러리맨의 눈빛도 노숙자 사내와 마찬가지로 검게 빛나고 있었다.

노숙자 사내에게 가까이 다가온 샐러리맨은 가만히 눈앞의 낡은 건물을 바라보았다.

두 사람은 아무런 말 없이 그 자리에 가만히 서 있을 뿐이었다.

또각! 또각!

샐러리맨이 나타난 곳과는 반대 방향에서 하이힐 소리가 들려왔다.

노숙자와 샐러리맨, 두 사람은 거의 동시에 소리가 들려온 방향으로 고개를 돌렸다.

딱 봐도 화류계 출신으로 보이는, 야시시하고 화려한 차림새의 여성이 다가오고 있었다.

역시나 다른 두 사람처럼 검게 빛나는 눈빛을 한 채.

두 사람에게 가까이 다가온 화류계 여성 또한, 샐러리맨 옆에서 멈춰 섰다.

휘이잉—

어디선가 을씨년스러운 바람이 불어왔다.

세 사람은 한참 동안 눈 하나 깜짝하지 않고 그 자리에 가만히 서 있었다.

시간이 좀 더 지나자 검은 가죽 라이더 재킷을 입은 사내와 엉덩이가 보일 정도로 짧은 핫팬츠를 입은 20대 여성, 그리고 초등학생 정도로밖에 보이지 않는 작은 키의 사내아이가 차례로 도착해 다른 사람들 옆에 나란히 섰다.

다들 전혀 관련이 없는 다양한 차림새를 한 여섯 사람의 공통점은 한 가지, 검게 빛나는 눈빛이었다.

"모두 도착한 건가?"

가장 먼저 온 노숙자 사내가 천천히 입을 열었다. 마지막으로 도착한 사내아이가 대답했다.

"아직 셋이 남았다."

"아니. 둘은 소멸되었으니 하나만 더 오면 된다."

사내아이의 말을 받아 화류계 여성이 말했다.

노숙자 사내는 알았다는 듯 대답 대신 가만히 고개를 끄덕였다.

짧은 문답을 끝으로 여섯 사람은 그 후로 한참 동안이나 아무런 말없이 남은 한 사람을 기다렸다.

하지만 몇 시간이 지나 새벽의 어스름이 찾아올 무렵에도 여섯 사람이 기다리고 있는 자는 나타나지 않았다.

이상한 일이었다.

부름을 받은 자가 이렇게 늦게까지 도착하지 않을 리가 없었다.

다들 의아함을 느끼고 있었지만 섣불리 입을 열지 않고 있었다.

좀 더 시간이 지나 주위가 밝아지려 하자 침묵을 깬 것은
노숙자 사내였다.

"아무래도 오지 않을 모양이로군."

"그럴 리가? 부름을 거부할 수 있는 권속은 없다. 불가능한
일이다."

조금은 놀란 듯 것처럼 보이는 샐러리맨이 말했다.

다른 자들도 동의하는 눈빛이었다. 노숙자 사내가 싸늘하
게 쏘아 붙였다.

"그러면 지금 이 상황을 어떻게 설명할 수 있지?"

아무도 대답하지 못했다.

부름을 받은 자는 당연히 이곳에 와야 한다.

그 당연한 것을 하지 않는 자를 어떻게 설명해야 할지 도무
지 알 수 없었다.

이내 노숙자 사내가 말을 이었다.

"이제 '그분'을 뵐 시간이다. 오지 않은 자에게는 '그분'
께서 합당한 벌을 내리실 것이다."

말을 마친 노숙자 사내는 눈앞에 있는 낡은 건물로 걸어 들
어갔다.

나머지 다섯 사람이 말없이 그 뒤를 따랐다.

그리 넓지 않은 건물이었지만 여섯 사람이 있기에는 충분

한 곳이었다.

문을 닫자 틈새가 전혀 없는 듯 약간의 빛도 남아 있지 않는 짙은 어둠이 주위 가득했다.

노숙자 사내는 한 걸음 앞으로 나서며 무릎을 꿇었다.

나머지 다섯 사람도 그 자리에서 무릎을 꿇었다.

검게 빛나는 여섯 사람의 시선은 자신들의 앞에 있는 어둠을 향해 있었다.

어둠 속에서 무언가가 일렁이는 것 같았다.

여섯 사람은 깊이 고개를 숙이며 동시에 한 목소리로 낮게 소리쳤다.

"부름에 응답해 당신의 권속이 이곳에 도착했나이다, 나의 주인이시여."

*   *   *

"헉!"

짧은 신음을 토해내며 정찬혁은 벌떡 상체를 일으켰다.

지난 며칠 동안 정체불명의 목소리와 지독한 두통에 시달린 정찬혁이었다.

그나마 오늘은 이른 새벽에 목소리가 사라져 조금이나마 잠을 잘 수 있었다.

하지만 갑작스레 심장이 바늘로 찔린 듯 날카로운 통증에 화들짝 놀라 잠이 깨버린 것이다.

정찬혁은 심장 언저리를 쓰다듬으며 거친 호흡을 토해냈다.

악몽이라고 꾼 것일까.

정찬혁의 온몸이 식은땀으로 젖어 있었다.

심장은 전에 없이 빠른 속도로 두근거리고 있었다.

보통 사람에 비하면 느린 것이었지만 지금의 정찬혁으로서는 비정상적일 정도로 빠른 것이었다.

불길함.

정찬혁의 심장을 뛰게 만든 것은 언제부턴가 점점 커져간 불길함 때문이었다.

모든 권속의 주인인 '그'를 대면할 날이 그리 머지않았다는 것을 깨달았을 때부터 자라나기 시작한 불길함이었다.

"하아……. 젠장."

식은땀으로 젖은 머리칼을 쓸어 올리며 정찬혁은 길게 한숨을 내쉬었다.

심장의 두근거림은 쉽사리 가라앉지 않았다.

아직 카페를 열 때까지는 두어 시간이 남아 있었지만 다시 잠들 수 있을 것 같지 않았다.

천천히 침대에서 몸을 일으킨 정찬혁은 벽에 걸어둔 재킷에서 글록19 두 자루와 대권속탄이 장착된 탄창 네 개를 꺼냈다.

그리곤 천천히 권총을 분해하고 부품 하나하나의 상태를 세심하게 점검했다.

그러는 사이 심장의 두근거림이 조금씩 가라앉았다.

불길한 느낌도 어느 정도는 가셨다.

손에 익은 차가운 금속의 감각이 심신의 안정에 도움이 되는 것 같았다.

정찬혁은 분해하던 때와는 달리 빠른 속도로 권총을 조립했다.

분해된 두 자루의 권총은 순식간에 원래대로 돌아왔다.

정찬혁은 대권속탄이 장착된 탄창까지 결합하고 슬라이드를 당겼다.

철컥—

낮은 금속성과 함께 대권속탄이 장전되었다.

양손에 대권속탄이 장전된 권총을 든 정찬혁은 눈앞의 벽을 향해 총구를 들어 올렸다.

날카로운 눈빛으로 가만히 벽을 바라보던 정찬혁은 이내 총구를 내리고 탄창을 분해했다.

철컥! 팅—!

슬라이드를 다시 한 번 당기며 총구 옆을 살짝 치자 장전되어 있던 대권속탄이 낮은 금속성과 함께 튕겨 나왔다.

정찬혁은 손을 뻗어 튕겨 나온 대권속탄을 잡았다.

다시 탄창에 대권속탄을 장착하면서 정찬혁은 나직이 중얼거렸다.

"제대로 통해야 할 텐데……."

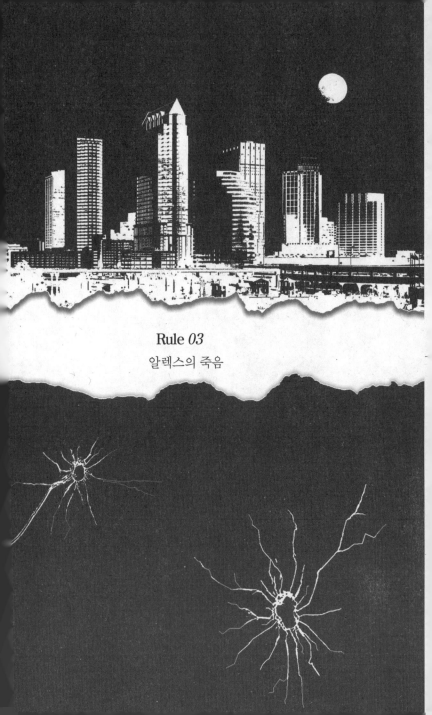

Rule *03*

알렉스의 죽음

기이잉—

모터가 도는 낮은 구동음과 함께 프린터가 흑백 사진을 인쇄한 종이 몇 장을 토해냈다.

가만히 기다리지 못하고 이리저리 왔다 갔다 하고 있던 한윤철이 인쇄된 종이를 집어 들었다.

CCTV 영상의 일부를 캡쳐해 확대한 사진이라 선명하지는 않았지만 어느 정도 얼굴은 알아볼 수 있는 정도였다.

첸의 휠체어를 밀고 있는 여성과 좌우에서 첸을 보호하듯 걸음을 옮기고 있는 두 사내의 모습이 인쇄되어 있었다.

"혹시 이 세 사람, 신원 파악까지 해두셨습니까?"

여느 때처럼 키보드를 두드리고 있던 마태진은 마치 질문하기를 기다렸다는 듯 히죽 미소를 지으며 엔터키를 탁, 소리 나게 두드렸다.

"당연하죠. 인터폴이랑 CIA 수사 자료를 뒤져 봤더니 금방 나오던걸요?"

한윤철은 바짝 다가가 모니터에 떠오른 화면을 뚫어져라 바라보았다.

첸과 함께 CCTV에 찍힌 세 사람의 간략한 신상정보였다.

린 샤오위. 28세로 추정.

출신지 불명.

가족 및 친인척 확인 불가.

첸 카이후가 공식 석상에 나설 때마다 가까운 곳에서 그를 보좌하고 있는 것이 자주 목격됨.

라우 친타이. 25세로 추정.

출신지 불명.

가족 및 친인척 확인 불가.

첸 카이후 계파의 조직원.

첸 카이후 근처에서 간혹 목격됨.

샤오 시엔. 24세로 추정.

출신지 불명.

가족 및 친인척 확인 불가.

첸 카이후 계파의 조직원.

첸 카이후 근처에서 간혹 목격됨.

"이게 답니까?"

한윤철은 저도 모르게 나직이 한숨을 내쉬었다.

얻을 수 있는 정보가 고작해야 이름과 나이 정도밖에 없었
으니 당연한 반응이었다.

"내용만 보면 별것 아닌 것 같지만 이래 봬도 꽤나 보안 등
급이 높은 정보였다고요. 프로텍트가 몇 겹이나 쳐져 있어서
그거 뚫느라 얼마나 고생했는데."

한윤철의 맥 빠진 반응에 마태진은 서운한 듯 투덜거렸다.

이내 한윤철은 실망한 기색을 지웠다.

인터폴이나 CIA에서조차 제대로 신상정보를 알아낼 수 없
었다는 것은, 그만큼 저 세 사람에 대한 정보가 구룡회 내에
서도 극비에 가까운 것이라는 뜻이었다.

아마도 첸이 직접 비밀리에 키워낸 자들이리라. 굳이 말로
표현하자면 첸의 '친위대'라고 할 수 있을 것이다.

"죄송합니다. 제가 생각이 짧았군요. 그런데… CIA 극비정 보라니 위험하시지 않겠습니까?"

한윤철의 질문에 마태진은 오른손 검지를 좌우로 까딱해 보이며 히죽 미소를 지었다.

"괜찮아요. 이번에도 침입 흔적은 깔끔하게 삭제하고 빠져 나왔으니까. 혹시나 들킨다고 해도 추적당할 염려는 없어요. 몇 가지 함정을 설치해 두고 나왔으니까요. 히힛!"

나이에 어울리지 않은 천진난만한 미소였다.

한윤철은 저도 모르게 나직이 한숨을 내쉬며 천천히 입을 열었다.

"그래도 모를 일이니 조심하십시오. 혹시라도 무슨 일이 생기면 바로 연락 주셔야 합니다."

몇 달 전 인터넷 뉴스에서 CIA 전산망을 해킹해 일부 데이 터를 삭제하고 유출시킨 악질 크래커를 체포했다는 기사를 떠올린 한윤철이었다.

정작 해킹을 한 마태진은 별 걱정이 없는 눈치였지만 한윤 철은 왠지 불안했다.

한윤철의 걱정에도 마태진은 장난기 어린 미소를 지우지 않았다.

"알겠어요. 그나저나 이 사람들이 어디로 갔는지 확인해 보려면 시간이 많이 걸릴 거예요. 주위에 있는 CCTV 영상이나 대중교통편에 설치되어 있는 블랙박스 영상도 다 뒤져봐야 할 것 같으니까요."

"가능하겠습니까?"

"물론이죠. 요즘은 택시나 버스에 있는 블랙박스 영상도 대부분 회사에 있는 서버에 동시에 저장이 되니까요. 데이터 양이 많아서 검색하는 데 꽤나 시간이 걸릴 거예요."

"얼마나 걸리겠습니까?"

"글쎄요? 시간대는 어느 정도 좁혀졌지만 검색 범위를 좁힐 단서도 없는 상황이라 무작정 뒤져 볼 수밖에 없어서 확답은 못 드리겠네요. 넉넉잡아서 보름 정도……? 아니지. 클라우드 컴퓨팅으로 데이터를 분산시켜서 교차 검색을 하면 며칠은 줄일 수 있겠는데? 이 경우에는 그리드 컴퓨팅이 효율이 더 나으려나?'

그 뒤로도 무어라 전문용어를 사용하며 중얼거리는 마태진의 말을 한윤철은 하나도 이해할 수 없었다.

제대로 알아들은 것은 보름 정도 걸릴 거라는 것뿐이었다.

"저기. 마태진 씨?"

한윤철은 조심스레 마태진을 불렀다.

하지만 이미 자신만의 세계에 빠져 무어라 계속 중얼거리고 있는 마태진에게는 아무런 소리도 들리지 않았다.

"…그렇게 서버 시스템을 연결하면……."

아무래도 방해하면 안 될 것 같은 분위기였다.

한윤철은 소리를 죽여 가며 천천히 몸을 일으켰다.

작별인사를 해봤자 들리지도 않을 것 같아, 한윤철은 나직이 한숨을 내쉬며 조심스레 밖으로 나왔다.

"그래! 그러면 확실하게 시간을 줄일 수 있겠네! 열흘 정도면 충분할 것 같아요, 검사니⋯⋯! 응? 벌써 가셨나?"

한참 시간이 지난 후에야 결론을 내린 마태진은 쾌재를 부르며 고개를 돌렸다.

하지만 한윤철은 이미 원룸에서 사라진 후였다.

마태진은 멋쩍은 듯 뒷머리를 긁적이며 다시 모니터를 향해 고개를 돌렸다.

"그럼 어디 시작해 볼까?"

마태진은 전에 없이 천진난만한 미소를 지으며 키보드에 손을 얹었다.

타탁! 타타타탁—

*　　　*　　　*

알렉스는 어둠 속에 가만히 누워 있었다.

양손과 머리에는 붉게 물든 붕대가 칭칭 감겨 있었다.

회복력이 비정상적으로 빨라져 있었지만 워낙에 심한 상

처라 닷새가 지난 지금까지 낫지 않고 있었다.

한동안 알렉스를 괴롭히던 정체불명의 음성과 유혹의 속삭임은 이제 더 이상 들려오지 않았다.

하지만 그것에 저항하기 위해 심하게 자해를 한 탓에 며칠 동안 꼼짝도 할 수 없었다.

툭! 투툭—!

가만히 누워 있는 알렉스의 몸에서 무언가 비집고 나오는 것 같은 소리가 터져 나왔다.

피에 절은 붕대를 감고 있는 양손과 머리에서 나는 소리였다.

알렉스는 천천히 상체를 일으켰다. 그리곤 천천히 손을 감고 있는 붕대를 풀어내기 시작했다.

닷새 전 처음 붕대를 감았을 때에는 허연 뼈가 드러날 정도로 심하게 짓이겨진 두 손이었다.

그런데 붕대를 풀자 상처는 온데간데없이 깨끗하게 새 살이 돋아난 손이 모습을 드러냈다.

주먹을 쥐었다 폈다 하면서 손이 아무 이상 없다는 것을 확인한 알렉스는 머리를 감고 있는 붕대를 풀기 시작했다.

역시나 두 손과 마찬가지로 깨지고 찢겨진 상처의 흔적은 조금도 남아 있지 않았다.

달라진 것은 심한 상처가 나 있던 부분이 피멍이 든 것처럼 시커멓게 변했다는 것이었다.

가장 이상한 것은 빛 하나 들어오지 않는 짙은 어둠 속에 있는 알렉스였지만 자신의 몸이 어떻게 변했는지 모두 눈으로 볼 수 있었다는 것이었다.

하지만 알렉스는 조금도 위화감을 느끼지 않았다.

그저 당연하다는 듯한 얼굴로 자신의 몸 상태를 하나하나 살펴보고 있었다.

"다 나은 것 같군."

조용히 중얼거리며 알렉스는 천천히 몸을 일으켰다.

한쪽 벽이 움푹 패여 금방이라도 부서질 것 같이 금이 가 있는 것이 보였다

바닥으로 흘러내린 두 줄기의 검붉은 핏자국도 함께 눈에 들어왔다.

알렉스는 그 자리에 선 채로 한참이나 가만히 그것을 바라보았다.

순간 어둠 속에서 알렉스의 눈동자가 한줄기 검은빛을 뿜어냈다.

첸 카이후와 정찬혁.

알렉스가 반드시 죽여야만 하는 두 사람이었다.

하나는 알렉스가 평생 믿고 따르던 마오의 죽음을 원한 자,

다른 하나는 마오를 죽인 자였다.

될 수 있으면 두 사람을 한자리에서 죽여 버리고 싶었다. 하지만 지금으로서는 불가능한 일이었다.

정찬혁은 쉽게 찾을 수 있었지만 아직까지도 첸의 행방은 오리무중이었다.

혹시나 해서 찾아갔던 박태섭으로부터는 아무런 연락이 없었다.

"정찬혁… 부터 처리해야 하는 건가?"

알렉스는 나직이 중얼거렸다.

그동안 생각해 온 이상적인 계획은 첸의 눈앞에서 정찬혁을 처참하게 죽여 깊은 절망을 느끼게 만들어준 후에 목숨을 빼앗는 것이었다.

정찬혁은 첸을 원수로 생각하고 있었지만, 첸은 여전히 정찬혁을 아끼고 있는 듯한 눈치였으니.

하지만 아직도 첸의 행방을 찾지 못하고 있으니 어느 정도 계획을 수정해야 했다.

한참을 고민하던 알렉스는 지금 상황에서 할 수 있는 최선의 방법을 떠올릴 수 있었다.

첸을 찾아내는 게 힘들다면 제 발로 찾아오게 만들면 될 일이었다.

가장 먼저 해야 할 일은 정찬혁을 죽이는 것이었다.

정찬혁이 아직까지 카페를 운영하고 있다는 것은 첸도 분명히 알고 있을 터였다.

그것을 잘만 이용한다면 첸을 자신의 앞으로 끌어낼 수 있을 것이다.

"그럼 당장 시작해 볼까?"

알렉스는 나직이 중얼거리며 천천히 몸을 일으켰다.

서둘러야만 했다.

자신에게 주어진 시간이 얼마 남지 않았다는 것을 알렉스는 본능적으로 느끼고 있었다.

아무런 대가 없이 잘려 나간 팔과 다리, 그리고 거대한 힘을 얻는다는 것은 말도 안 되는 일이었으니.

게다가 정체불명의 목소리가 들려오기 시작할 무렵부터 무언가 크게 어긋나고 있다는 느낌이 들었다.

감각도 점점 사라져 가고 심장 박동도 느려져만 갔다.

언제 심장이 멎어도 이상하지 않은 상황이었다.

심지가 얼마 남지 않아 언제 꺼질지 모르는 촛불.

알렉스는 자신의 생명을 그렇게 생각하고 있었다.

마지막이 얼마 남지 않은 만큼 지금까지와는 비교도 할 수 없을 정도로 커다란 불꽃을 태우고 있는 것이다.

완전히 꺼져 버리기 전에 복수를 완성해야만 했다.

알렉스는 무릎까지 내려오는 긴 폴로코트를 걸치고 천천

히 바깥으로 걸음을 옮기기 시작했다.

*   *   *

두근!

주문 받은 커피 한 잔을 내리고 있던 정찬혁의 심장이 순간적으로 크게 뛰었다.

저도 모르게 움찔하며 정찬혁은 핸드 드립용 주전자를 놓칠 뻔했다.

갑자기 뜨거운 물이 확 부어진 탓에 여과지가 흘러넘칠 뻔했다.

"다시 내려야겠군."

나직이 중얼거리며 정찬혁은 내리던 커피를 한쪽으로 밀어두고는 다시 커피를 내릴 준비를 했다.

한번에 물을 과하게 부은 탓에 커피 맛이 심하게 옅어지기 때문이었다.

이내 커피를 다 내린 정찬혁은 서빙을 보고 있는 신유진을 조용히 불렀다.

"아메리카노 한 잔 나왔다."

"네, 지금 가… 찬혁 씨?"

미소를 띤 채 고개를 돌리던 신유진은 놀란 눈으로 정찬혁을 바라보았다.

정찬혁은 긴장이라도 한 것 같은 얼굴이었다.

어떤 일이 있어도 표정 변화가 거의 없는 정찬혁의 처음 보는 모습에 신유진은 고개를 갸웃했다.

"왜 그러지?"

이내 원래의 무표정한 얼굴로 돌아온 정찬혁의 질문이 신유진의 귓가에 날아들었다.

신유진은 더듬거리며 고개를 가로저었다.

"아, 아무것도 아네요."

주문받은 커피를 쟁반에 옮겨 담은 신유진은 나직이 한숨을 내쉬며 돌아섰다.

짧은 순간 한줄기 불길한 예감이 신유진의 머릿속을 스쳤다.

딸랑—

마지막 손님이 나가고 영업을 끝내려던 때였다.

갑자기 문이 열렸다.

정찬혁과 신유진, 두 사람의 시선이 동시에 입구로 향했다.

바짝 세운 옷깃으로 얼굴을 가리고 헌팅캡을 깊이 눌러 쓰고 있는 폴로코트 사내가 천천히 안으로 들어와 자리에 앉았다.

"죄송합니다만 영업시간이 끝나…….."

마칠 시간이 지난 터라 신유진은 양해를 구하고 손님을 내보내려 했다.

하지만 정찬혁이 폴로코트 사내에게 다가가려던 신유진의 어깨를 잡아 말을 막았다.

멈춰 선 신유진이 의아해하는 얼굴로 정찬혁을 바라보았다.

무표정한 얼굴이었지만 눈동자가 미세하게 파르르 떨리고 있었다.

두근!

순간 신유진은 강한 불길함에 사로잡혔다.

희미하지만 권속의 기운이 갑자기 느껴진 탓이었다.

신유진은 의혹에 가득 찬 얼굴로 급히 고개를 돌렸다.

폴로코트 사내였다.

입구 근처의 자리에 앉아 있는 폴로코트 사내에게서 느껴지는 희미한 기운이었다.

신유진은 놀란 눈으로 사내를 가만히 바라보았다.

옷깃을 세운 탓에 얼굴이 제대로 보이지 않았지만 대강이나마 윤곽은 짐작할 수 있었다.

제일 눈에 띄는 것은 뒤로 묶은 긴 머리칼이었다.

"여기 아메리카노 한 잔."

폴로코트 사내는 억양이 거의 느껴지지 않는 음성으로 주문했다.

정찬혁은 말없이 주문 받은 커피를 준비했다.

신유진은 놀람이 가시지 않은 얼굴로 정찬혁에게 다가갔다.

"차, 찬혁 씨. 저 사람 혹시……?"

신유진도 확신할 수 없었다.

사내에게서 느껴지는 기운은 너무도 미약하기 짝이 없었던 탓이었다.

정찬혁은 아무런 대답도 하지 않았다. 하지만 커피를 준비하는 손이 미세하게 파르르 떨리는 것이 보였다.

대답은 그것으로 충분했다.

너무 놀란 탓인지 두 다리에 힘이 풀린 신유진은 비틀거리며 카운터 앞에 놓인 의자에 주저앉았다.

이내 주문 받은 커피를 만든 정찬혁은 그것을 쟁반에 담아 폴로코트 사내에게 다가갔다.

"주문하신 커피 나왔습니다."

정찬혁이 커피를 내려놓자 사내는 기다렸다는 듯 바짝 세운 옷깃을 접으며 헌팅캡을 벗었다.

가려져 있던 얼굴이 드러나고 사내의 낮은 음성이 귓가에 날아들었다.

"오랜만이로군."

사내의 얼굴을 본 정찬혁의 눈이 놀람으로 물들었다.

전혀 예상치 못한 사내의 모습에 정찬혁은 신음하듯 나직이 중얼거렸다.

"알렉스……."

귓가로 날아든 정찬혁의 파르르 떨리는 음성에 신유진은 화들짝 놀라며 고개를 돌렸다.

얼굴을 드러낸 사내는 분명 자신이 기억하고 있는 알렉스의 모습이었다.

하지만 있을 수 없는 일이었다. 신유진이 알고 있기로는 알렉스는 분명…….

"죽었다고 들었는데……."

신유진이 떠올린 것을 정찬혁이 입에 담았다.

알렉스는 전혀 이상할 것 없다는 듯 입꼬리를 말아 올리며 천천히 입을 열었다.

"남 말 할 처지는 아닌 것 같군. 안 그런가, 정찬혁?"

대답 대신 날아든 알렉스의 말에 정찬혁은 순간 움찔했다.

이내 나직이 한숨을 내쉬며 고개를 끄덕였다.

"하긴……. 그렇긴 하군."

알렉스는 가죽 장갑을 낀 손을 뻗어 머그컵을 잡았다.

정찬혁은 그 자리에 가만히 서서 알렉스를 내려다보았다.

커피를 마시려던 알렉스는 컵을 내려놓으며 조용히 말했다.

"이 카페에서는 손님이 커피를 다 마실 때까지 앞에서 기다리고 있나 보지?"

정찬혁은 말없이 물러났다. 이내 알렉스는 다시 커피를 마시기 시작했다.

정찬혁이 다가오자 신유진은 놀란 눈으로 알렉스를 바라보며 질문을 던졌다.

"어, 어떻게 된 거죠? 왜 알렉스, 저 사람이……?"

"글쎄……."

여전히 놀람을 감추지 못하고 있는 신유진과는 달리 정찬혁은 이미 마음의 동요를 가라앉힌 것 같았다.

정찬혁은 그저 무표정한 얼굴로 가만히 알렉스를 바라보고 있었다.

"여전히 커피 맛이 좋군. 그러면… 장소를 옮길까?"

어느새 커피를 다 마신 알렉스가 머그컵을 내려놓으며 나직이 중얼거렸다.

기다렸다는 듯 정찬혁이 말을 받았다.

"잠시만 기다려라."

정찬혁은 그대로 준비실을 지나 지하로 향했다.

벽에 걸린 재킷을 걸친 정찬혁은 양쪽 안주머니에 있는 글록19를 꺼내 미리 대권속탄을 장전했다.

"얼마나 통할지 시험해 볼 기회로군."

권총 두 자루를 다시 갈무리하며 정찬혁은 천천히 계단을 오르기 시작했다.

"준비는 끝난 건가?"

막 준비실에서 나오는 정찬혁을 보고 알렉스가 물었다.

정찬혁은 대답 대신 가만히 고개를 끄덕였다.

알렉스는 피식 미소를 지으며 천천히 몸을 일으켰다.

"그럼 장소를 옮기도록 하지."

알렉스는 헌팅캡을 눌러쓰고는 밖으로 걸음을 옮기기 시작했다.

딸랑!

입구에 걸어둔 작은 종소리가 조용히 귓가로 날아들었다.

알렉스의 뒷모습을 가만히 바라보던 정찬혁은 이내 그 뒤를 따르기 시작했다.

"찬혁 씨……!"

신유진은 저도 모르게 손을 뻗어 자신을 스쳐 지나치는 정찬혁의 옷깃을 잡았다.

걸음을 멈춘 정찬혁이 천천히 고개를 돌렸다.

"금방 다녀오겠다."

정찬혁은 자신의 옷깃을 잡은 신유진의 손을 가볍게 떨쳐내며 걸음을 옮기기 시작했다.

신유진은 다시 한 번 손을 뻗었지만 허공을 스쳤을 뿐, 정찬혁을 잡을 수 없었다.

딸랑!

종소리와 함께 정찬혁은 순식간에 어둠 속으로 그 자취를 감춰 버렸다.

멍하니 정찬혁의 자취를 눈으로 쫓던 신유진은 길게 한숨을 내쉬며 중얼거렸다.

"기다릴게요."

알렉스는 뒤도 돌아보지 않고 빠른 걸음으로 어딘가로 향하고 있었다.

몇 미터 뒤에서 정찬혁이 자신의 뒤를 쫓고 있다는 것은 보지 않아도 알 수 있었다.

알렉스는 입꼬리를 말아 올린 채 더욱 속도를 냈다.

보통 사람이 전력질주로 달리는 것보다 몇 배나 빠른 속도였지만 알렉스는 호흡 하나 흐트러지지 않았다.

역시나 정찬혁도 거리를 벌리지 않고 바짝 쫓아왔다.

아직은 저녁 9시도 채 되지 않은 시간, 게다가 관광지로 유명한 인사동 부근이라 거리를 오가는 사람들은 꽤나 많았다.

하지만 알렉스도, 정찬혁도 주위 가득한 인파는 아무런 방해도 되지 않았다.

두 사람은 복잡한 인파 사이를 물 흐르듯 빠르고, 부드럽게 빠져나가고 있었다.

'역시 이 정도는 충분히 따라오는군. 그러면 어디… 좀 더 속도를 내볼까?'

앞장서서 내달리던 알렉스는 속으로 중얼거리며 바닥을 살짝 박찼다.

알렉스의 신형이 지금까지와는 비교도 할 수 없을 정도의 속도로 쏜살같이 뻗어 나갔다.

"꺄앗!"

"갑자기 웬 바람이람!"

알렉스의 믿을 수 없는 속도에 주위에는 한순간 거센 바람이 지나친 것 같았다.

갑작스러운 거센 돌풍에 사람들은 저마다 휘날리는 옷깃을 붙잡으며 당황한 음성을 뱉어냈다.

휘이잉—!

처음의 거센 바람이 가라앉기도 전에 또다시 그보다 훨씬 강한 바람이 사람들 사이를 지나쳤다.

순간적으로 몸을 비틀거릴 정도로 거센 바람이었다.

"언제까지 이렇게 시간낭비만 하고 있을 셈이냐?"

어느새 자신의 두어 걸음 뒤까지 바짝 쫓아온 정찬혁의 질문이 알렉스의 귓가로 날아들었다.

알렉스는 피식 미소를 지으며 대답했다.

"하긴. 피차 이런 건 아무 의미 없는 것 같군. 적당한 장소를 봐두었으니 잠자코 따라와라."

알렉스는 바닥을 박차고 내달리던 방향을 바꿨다.

알렉스가 향한 곳은 얼마 떨어지지 않은 곳에 있는 재건축 빌딩 공사 현장이었다.

작업 시간이 한참 전에 끝난 터라 입구는 굳게 잠겨 있었고, 주위에는 5미터는 훨씬 넘어 보이는 담장으로 막혀 있었다.

타탓!

하지만 알렉스는 멈춰 서지 않고 그대로 바닥을 박차고 가볍게 뛰어올라 높은 담장을 훌쩍 뛰어 넘었다.

정찬혁이 곧장 그 뒤를 따라 담장을 넘어섰다.

공사 현장에 내려선 정찬혁은 가만히 주위를 둘러보았다.

하늘 높이 떠있는 보름달이 주위를 희미하게 밝혀주고 있었다.

반쯤 완성된 고층 빌딩의 뼈대와, 건축 자재가 널려 있는 현장은 을씨년스러웠다.

"거기서 뭐하는 거냐? 위로 올라와라. 옥상에서 기다리고 있겠다."

바닥을 박차고 내달리는 소리와 함께 알렉스의 음성이 조용히 울려 퍼졌다.

정찬혁은 말없이 계단을 천천히 오르기 시작했다.

아직 완공되지 않는 공사 현장이라 그런지 발소리가 조용히 메아리쳐 주위를 뒤흔들었다.

40층이 넘는 고층 빌딩이라 옥상까지는 한참을 걸어 올라가야 했다.

정찬혁이 막 옥상에 닿자 차가운 바람이 불어왔다.

휘이잉—

옥상 끄트머리에서 알렉스가 차가운 미소를 지은 채 정찬혁을 가만히 쏘아보고 있었다.

정찬혁은 마지막 계단을 올라서며 조용히 말했다.

"네가 선택한 무대가 이곳인가?"

알렉스는 입꼬리를 말아 올리며 대답했다.

"어떤가? 꽤나 우리에게 잘 어울리는 곳이라고 생각하지 않나?"

정찬혁은 그 자리에 서서 가만히 주위를 둘러보았다.

바닥은 콘크리트를 부은 지 얼마 지나지 않은 듯 약간의 점성이 남아 있었고, 주위에는 사용하지 않은 시멘트 자루와 철근이 쌓여 있었다.

낮에 인부들이 쓰다 버려둔 작업용 장갑이나 안전모도 여기저기 널려 있었다.

안전장치라고는 그리 튼튼해 보이지 않는 안전망이 서너 겹 정도 쳐져 있었다.

"마오의 복수… 때문에 날 찾아온 건가?"

"당연한 걸 묻는군그래."

"하지만 왜 이제 와서……?"

"글쎄……?"

알렉스는 말꼬리를 흐리며 천천히 장갑을 벗었다.

순간 희미하게 느껴지던 권속의 기운이 갑자기 강해졌다.

알렉스의 양손은 멍이 든 것처럼 검게 물들어 있었다.

정찬혁의 눈썹이 꿈틀했다.

권속의 기운이 느껴질 뿐, 막 죽음에서 깨어났을 때의 자신과 비슷해 보였다.

정찬혁은 저도 모르게 나직이 중얼거렸다.

"그동안 죽어 있었나 보군."

"죽어? 하긴… 얼마 전까진 죽은 거나 마찬가지였지. 하지만……."

알렉스는 코트를 벗어 던지고 상의를 한 손으로 찢었다.

어깨부터 검게 물들어 있는 왼팔이 드러났다. 정찬혁의 눈꼬리가 살짝 치켜떠졌다.

"누군가 내게 새 팔과 다리를 주었지. 좀 흉해 보이기는 하지만 말이야. 크크."

알렉스는 검게 변한 자신의 왼팔을 슬쩍 들어 올리며 웃음인지 울음인지 알 수 없는 비틀린 미소를 지었다.

정찬혁의 질문이 곧장 뒤이어졌다.

"첸은… 이미 죽인 건가?"

알렉스는 아쉬워하는 얼굴로 가만히 고개를 내저었다.

"아니. 사실 처음에는 첸의 눈앞에서 네놈을 죽여줄 생각이었는데 말이야. 얼마나 꼭꼭 숨어 있는지 아직도 찾지 못했다. 그러니… 네놈이 먼저 죽어줘야겠어. 첸을 끌어내려면 아무래도 네놈을 미끼로 쓸 수밖에 없겠더군."

"첸을 죽이려고 했던 나를 미끼로 쓴다고? 말도 안 되는 소리다."

"크읏! 그거야 두고 보면 알 일이지. 그나저나 계속 이렇게 잡담만 할 생각이냐?"

알렉스는 코웃음 치며 정찬혁을 쏘아보았다.

정찬혁은 말없이 바지 뒷주머니에서 핸드나이프를 꺼내 들었다.

알렉스는 입꼬리를 말아 올리며 허리춤에서 칼날 길이가 한 뼘 정도 되는 컴뱃나이프를 꺼내 들었다.

"육탄전이 먼저인가? 하긴 그게 더 재미있겠군."

알렉스는 왼손으로 컴뱃나이프를 움켜쥐고는 가만히 정찬혁을 바라보았다.

두 사람의 시선이 허공에서 복잡하게 얽혔다.

정찬혁은 역수로 핸드나이프를 쥔 채, 미끄러지듯 왼쪽으로 움직였다.

그에 맞춰 알렉스는 앞으로 조금씩 다가가며 오른쪽으로 움직였다.

서로의 거리가 3미터 정도로 가까워질 무렵, 두 사람은 마치 약속이라도 한 듯 그 자리에 멈춰 섰다.

그저 날카로운 눈빛으로 서로를 노려볼 뿐, 두 사람은 한참 동안이나 돌이라도 된 듯 가만히 서 있었다.

휘이잉—

어디선가 불어온 바람이 두 사람 사이를 스쳐 지나쳤다.

뒤로 묶은 알렉스의 긴 머리칼이 휘날리며 한순간 시선을 가렸다.

정찬혁은 조금의 망설임도 없이 한달음에 알렉스를 향해 몸을 날렸다.

카아앙—

찢어질 듯 날카로운 금속성이 주위를 크게 진동시켰다.

"어떻게 이런 일이……?"

두 사람이 사라진 지 한참의 시간이 지났지만 신유진은 여전히 놀람을 가라앉힐 수 없었다.

죽은 줄 알았던 알렉스가 살아 있다는 것이 놀랍지는 않았다.

알렉스가 권속의 기운을 지니고 있다는 것.

그리고 권속으로서가 아니라 알렉스의 자아를 온전히 유지하고 있다는 것이 가장 놀라웠다.

자신이 아는 한에는 권속이 된 자는 이전까지의 자아와 기억은 완전히 사라지고 '그'에 대한 충성심만으로 움직이게 된다.

하지만 아무리 봐도 알렉스는 다른 권속과는 달랐다.

알렉스의 기억을 지니고, 알렉스로서 행동하고 있었다.

권속의 기운이 느껴질 뿐, 자신이 알고 있던 알렉스와 다르지 않았다.

대체 어떻게 된 것인지 도무지 알 수 없는 일이었다.

가슴이 답답했다.

이대로 앉아서 기다리고 있을 수는 없었다.

아랫입술을 꽉 깨문 채 벌떡 일어난 신유진은 후다닥 밖으로 달려나갔다.

그리곤 망설임 없이 강한 권속의 기운이 느껴지는 곳을 걸음을 옮기기 시작했다.

탁탁탁―!

챙! 채챙!

날카로운 금속성과 불꽃이 어지러이 주위를 휘감았다.

정찬혁과 알렉스는 눈에 보이지도 않을 정도의 속도로 공방을 주고받았다.

알렉스의 컴뱃나이프가 정찬혁의 한쪽 볼을 길게 긋고 지나가는 것과 동시에 핸드나이프가 교차했다.

핏!

목덜미 부근을 살짝 베인 알렉스는 뒤로 물러나며 입꼬리를 살짝 말아 올렸다.

"예전부터 네놈과 이렇게 한 번 싸워보고 싶었지. 크크."

알렉스의 목덜미에 난 상처는 검은 연기를 뿜어내며 순식간에 흔적도 없이 사라졌다.

정찬혁의 볼에 난 상처도 마찬가지였다.

볼을 타고 한줄기 피가 흘러내리긴 했지만 금세 아물어버렸다.

손등으로 피를 스윽, 훔쳐 낸 정찬혁은 핸드나이프를 고쳐쥐고는 알렉스에게 달려들었다.

"시끄럽군."

낮은 파공성과 함께 정찬혁의 핸드나이프가 곧장 알렉스의 턱을 노리고 날아들었다.

알렉스는 살짝 뒷걸음질 치며 컴뱃나이프를 들어 공격을 막으려 했다.

순간.

날아들던 핸드나이프가 꺼지듯 시야에서 사라졌다.

그리고 동시에 정찬혁의 몸이 허공으로 떠올라 공중제비를 더니, 알렉스의 배후를 잡았다.

알렉스가 급히 허리를 뒤틀었지만 정찬혁의 공격이 먼저였다.

푸캌—!

섬뜩한 파육음과 함께 정찬혁의 핸드나이프가 알렉스의 등허리 깊이 틀어박혔다.

칼날이 늑골에 살짝 걸렸지만 정찬혁은 아랑곳하지 않고 강한 힘으로 그대로 핸드나이프를 내리그었다.

촤아악—

대량의 피가 터져 나왔다.

왼쪽 허리부터 등까지, 뼈가 훤히 드러날 정도로 깊이 팬 상처였다.

알렉스는 짧은 신음을 흘리며 그 자리에 털썩 한쪽 무릎을 꿇은 채 쓰러졌다.

바닥이 순식간에 터져 나온 피로 붉게 물들었다.

"크윽!"

정찬혁은 몇 걸음 뒤로 물러나 핸드나이프에 묻은 피를 허공에 털어냈다.

칼날이 뜨겁게 데워지기라도 한 듯 치익, 하는 소리와 함께 피가 붉은 연기가 되었다.

알렉스는 반쯤 엎드린 채로 한참이나 꼼짝도 하지 않았다.

하지만 정찬혁은 전투태세를 풀지 않고 가만히 알렉스를 노려보았다.

권속의 기운을 가진 자가 이렇게 쉽게 쓰러질 리가 없었다.

"엄살은 그만 피워라."

정찬혁이 조용히 입을 열자, 굳어 있던 알렉스는 순간 어깨를 움찔했다.

이내 알렉스는 차가운 웃음을 흘리며 천천히 몸을 일으켰다.

"크, 크크크. 이 정도로는 죽지 않는다는 걸 벌써 눈치챈 건가?"

등에 길게 난 상처는 검은 연기를 뿜어내며 서서히 아물어갔다.

그와 함께 알렉스에게서 느껴지는 권속의 기운이 더욱 강해졌다.

정찬혁은 저도 모르게 움찔하며 한 걸음 뒤로 물러났다.

순간.

파팟!

바닥을 박차는 소리와 함께 알렉스의 형상이 흐릿해졌다.

정찬혁은 급히 알렉스의 자취를 쫓았다. 하지만 눈으로 움직임을 쫓을 수 없었다.

파카카—

섬뜩한 파공성이 터져 나왔다.

미처 알렉스의 움직임을 파악하지 못한 정찬혁은 본능적인 위기감을 느끼고는 오른쪽 측면으로 몸을 던졌다.

하지만.

팍! 파파팍!

연이은 파공성과 함께 정찬혁의 온몸이 순식간에 피투성이로 붉게 물들어 버렸다.

이제까지와는 비교도 할 수 없을 만큼 엄청난 속도로 연속 공격을 펼친 알렉스는 컴뱃나이프에 묻은 피를 혀로 핥으며 모습을 드러냈다.

"크흑—!"

정찬혁은 신음을 토해내며 풀썩 쓰러졌다.

무릎을 호되게 바닥에 찧었지만, 그에 대한 통증은 느낄 수 없었다.

눈 깜빡할 사이에 온몸이 난자당한 정찬혁은 힘없이 핸드 나이프를 바닥에 떨어뜨렸다.

땡강—

온몸의 크고 작은 상처에서 흘러내린 피가 축 쳐진 손끝을 타고 흘러내렸다.

마치 거센 바람이 할퀴고 간 것처럼 온몸이 만신창이였다.

작은 상처들은 빠른 속도로 아물었다.

하지만 보통 사람이었다면 즉사했을 정도의 큰 상처 너덧 개는 계속해서 피를 쏟아내고 있었다.

몸속으로 파고든 권속의 기운이 회복을 방해하고 있었다.

온몸의 피가 들끓는 것 같았다.

정찬혁은 한 손으로 몸을 지탱한 채, 몸을 일으키려 했다. 하지만 제대로 힘이 들어가지 않았다.

저벅! 저벅!

알렉스가 다가오는 발소리가 들려왔다.

정찬혁은 꼼짝도 할 수 없었다.

정찬혁의 바로 앞에서 멈춰 선 알렉스는 피 묻은 컴뱃나이프를 슬쩍 들어 올리며 입꼬리를 말아 올렸다.

"이 정도도 따라오지 못하다니. 생각보다 실망인걸?"

알렉스는 천천히 손을 뻗어 정찬혁의 머리칼을 콱 움켜쥐었다.

정찬혁은 아무런 저항도 하지 못하고 맥없이 알렉스의 힘에 끌려갔다.

알렉스는 머리 가죽이 벗겨질 정도로 강하게 정찬혁을 잡아당겼다.

피투성이가 된 정찬혁의 얼굴이 알렉스와 가까워졌다.

알렉스는 정찬혁과 눈을 마주 한 채 이죽거렸다.

"네놈의 이런 꼬락서니를 첸, 그 영감에게 보여주고 싶었는데 말이야. 아쉽지만 어쩔 수 없지."

알렉스는 그대로 정찬혁을 밀어 넘겼다.

쿵—

워낙 강하게 밀어버린 탓에 뒷머리를 호되게 부딪쳤다.

뒷머리가 깨진 듯 피가 흘렀다.

알렉스는 채 신음도 지르지 못하고 있는 정찬혁의 왼쪽 어깨를 컴뱃나이프로 찍어 눌렀다.

파슉—

낮은 파육음과 함께 한 뼘 길이의 칼날이 보이지 않을 정도로 컴뱃나이프가 깊이 틀어박혔다.

칼날 끄트머리가 시멘트 바닥을 파고들었다.

"큭!"

절로 신음이 터져 나왔다.

천천히 몸을 일으킨 알렉스는 정찬혁의 어깨에 박힌 컴뱃나이프의 손잡이를 발로 짓눌렀다.

이내 발을 떼어내자 컴뱃나이프는 손잡이 끄트머리밖에 보이지 않았다.

"이제 끝내도록 하지."

나직이 중얼거리며 알렉스는 바닥을 박차고 어두운 하늘로 뛰어올랐다.

거의 10미터 가까이 뛰어오른 알렉스는 허공에서 순간 멈칫했다.

품속에서 컴뱃나이프와 권총을 꺼내 든 알렉스는 바닥으로 떨어져 내리며 방아쇠를 당겼다.

탕! 타타타탕—

총구가 연이어 불꽃을 뿜었다.

총구를 뛰쳐나간 총탄은 정찬혁의 사지를 꿰뚫었다.

정찬혁은 짧은 비명과 함께 왈칵, 검붉은 피를 토해냈다.

어께에 깊숙이 틀어박힌 컴뱃나이프 탓에 정찬혁은 꼼짝도 할 수 없었다.

순식간에 탄창 하나를 모조리 비운 알렉스는 권총을 내던지고 컴뱃나이프를 왼손으로 콱 움켜쥐었다.

불길함이 느껴지는 시커먼 기운이 뿜어져 나와 컴뱃나이프를 감쌌다.

알렉스는 그대로 허공을 박차고 곧장 정찬혁을 향해 날아들었다.

하늘 높이 떠오른 보름달이 시위 떠난 활처럼 날아드는 알렉스의 뒷모습을 비췄다.

"끝이로군."

나직이 중얼거리며 알렉스는 입꼬리를 말아 올렸다.

검은 기운을 품은 알렉스의 컴뱃나이프가 정찬혁의 심장 부근을 꿰뚫으려는 순간!

"끝나는 건 너다, 알렉스."

낮은 음성과 함께 어느 샌가 권총을 꺼내 든 정찬혁이 그대로 방아쇠를 당겼다.

타아앙—!

불꽃이 튀고 총성이 주위를 뒤흔들었다.

컴뱃나이프가 심장을 꿰뚫기 직전, 불꽃을 뿜으며 총구를 벗어난 대권속탄이 알렉스의 오른쪽 어깨를 관통했다.

10여 미터의 높이에서 떨어져 내린 속도와 대권속탄이 관통하는 충격이 중첩되어 알렉스는 왼쪽 어깨를 축으로 허리가 완전히 뒤틀리며 나가떨어졌다.

"크아악—!"

알렉스는 고통에 찬 비명을 지르며 바닥에 튕겨 나갔다.

거세게 너덧 번 바닥에 부딪친 후에야 알렉스의 몸은 간신이 안전망에 걸려 멈춰 섰다.

안전망이 아니었다면 그대로 60미터는 넘는 바닥으로 떨어져 버렸을 것이다.

촤아악—

대권속탄에 관통당한 오른쪽 어깨에서 피와 함께 검은 기운이 어두운 밤하늘로 조금씩 흩어지기 시작했다.

재생된 왼팔과 오른발에서 검은 연기가 새어 나왔다.

알렉스 지금까지 느껴보지 못한, 영혼이 사라지는 것 같은 고통에 연신 비명을 토해냈다.

"끄아아! 아아아아—!"

알렉스의 날카로운 비명이 밤하늘을 어지럽혔다.

정찬혁은 총구를 허공에 뻗은 채로 거친 숨을 몰아쉬고 있었다.

온몸이 만신창이였다.

알렉스가 쏜 총이 사지의 관절을 관통한데다, 컴뱃나이프가 왼쪽 어깻죽지 깊이 틀어박혀 있는 탓에 꼼짝도 할 수 없었다.

대량의 출혈로 눈앞이 침침했다.

눈꺼풀이 커다란 쇳덩어리처럼 무겁게만 느껴졌다.

검은 기운을 품은 알렉스의 컴뱃나이프가 날아들었을 때에는 마지막이라고 생각했었다.

하지만 갑작스레 심장 부근에서 끓어오른 기이한 기운이

저절로 손을 움직이게 만들었다.

하지만 방아쇠를 당긴 후, 기이한 기운은 언제 그랬냐는 듯 흔적도 없이 완전히 사라져 버렸다.

"크으……."

낮은 신음과 함께 허공으로 뻗어 있던 권총을 든 손이 힘없이 떨어져 내렸다.

손이 바닥에 부딪치자 온몸으로 충격이 전해졌다.

정찬혁은 그 자리에 드러누운 채로 알렉스를 향해 눈동자를 억지로 움직였다.

알렉스는 그물에 걸린 물고기처럼 안전망에 걸린 채 고통에 몸부림치고 있었다.

워낙 몸부림이 거친 탓에 몇 겹으로 겹쳐 놓은 안전망이 조금씩 찢어졌다.

관통당한 어깨에서는 핏줄기가 터져 나오고, 검은 기운이 조금씩 허공으로 흩어지고 있었다.

'끝난… 가?'

정찬혁은 속으로 나직이 중얼거리며 알렉스에게서 시선을 거뒀다.

아주 조금씩이지만 천천히 상처가 회복되고 있는 것이 느껴졌다.

심장 부근에만 약간 남아 있는 검은 흔적이 조금씩 주위로 번져 나가며 상처를 회복시켜 주고 있었다.

"크아아악!"

그러는 와중에도 알렉스는 연신 비명을 토해내고 있었다.

얼마 지나지 않아 아래쪽에서 웅성거리며 사람들이 올라오고 있는 인기척이 느껴졌다.

아무래도 연이은 총성과 알렉스의 비명을 들은 것 같았다.

정찬혁은 아랫입술을 꽉 깨물었다.

사람들이 옥상으로 올라오기 전에 마무리를 하고 빠져나가야 했다.

정찬혁은 남아 있는 힘을 다해 권총을 든 오른손으로 바닥을 강하게 눌렀다.

상체가 조금 들썩였다. 컴뱃나이프가 틀어박혀 있는 어깻죽지에 불쏘시개로 쑤시는 것 같은 통증이 느껴졌다.

아랑곳하지 않고 정찬혁은 계속해서 오른손으로 바닥을 밀었다.

몇 번이나 들썩 거린 후에야 왼쪽 어깨에 박혀 잇는 컴뱃나이프의 속박에서 벗어나 상체를 일으킬 수 있었다.

푸카—!

5백 원짜리 동전의 서너 배는 될 듯한 구멍이 뚫린 왼쪽 어깨에서 왈칵 피가 터져 나왔다.

"끄윽—!"

148 짐승의 규칙

꽉 다문 잇새로 낮은 신음이 흘러나왔다. 정찬혁은 상체를 일으킨 채 조용히 호흡을 골랐다.

그우웅—

아래쪽에서 모터가 도는 낮은 진동음이 들려왔다.

공사용 엘리베이터가 작동하는 것 같았다.

시간이 그리 많지 않았다.

정찬혁은 오른손으로 바닥을 짚은 채, 온 힘을 다해 한쪽 무릎을 들어 올렸다.

일어나려는 정찬혁의 뜻을 알아차리기라도 한 듯, 몸을 회복 시켜주던 검은 흔적이 다리로 밀려들었다.

아주 조금이지만 관통당한 상처가 회복되었다.

이내 정찬혁은 몸을 일으킬 수 있었다.

금방이라도 쓰러질 듯 두 다리가 후들후들 떨리고, 제대로 몸의 균형을 잡을 수 없었지만 정찬혁은 알렉스를 향해 힘겨운 걸음을 내딛었다.

그나마 오른쪽 다리는 조금 움직일 수 있었지만 왼쪽 다리는 전혀 회복되지 않아 질질 끌고 갈 수밖에 없었다.

바닥을 적신 붉은 피가 움직이지 않는 왼발에 끌려 길게 피의 길을 만들었다.

"크으으……."

정찬혁이 천천히 다가가는 동안 알렉스의 비명은 조금씩

잦아들고 있었다.

안전망이 찢어져 아래로 떨어지려는 찰나, 알렉스는 억지로 몸을 일으켜 안전망을 빠져나왔다.

그 사이 검은 기운이 많이 빠져나간 것인지, 왼팔과 오른쪽 다리가 제대로 된 형상이 아니라 검은 연기처럼 변해져 있었다.

상처가 회복되어 검게 물들어 버렸던 오른손은 어느새 허연 뼈가 드러나 피가 뚝뚝 떨어지고 있었다.

"네놈……."

알렉스는 으득 이를 악물고 자신에게 다가오는 정찬혁을 노려보았다.

검게 물든 눈동자가 핏빛 섬광을 뿜어냈다.

알렉스는 남은 힘을 검은 연기처럼 변해 버린 왼팔로 끌어모았다.

그 바람에 재생되었던 오른쪽 다리는 이전처럼 무릎 아래가 사라져 버렸다.

검은 안개처럼 흩어지려하던 왼손은 점점 제 형상을 갖춰갔다.

한눈에 보기에도 심상치 않은 검은 기운이 알렉스의 왼팔에 모여들었다.

정찬혁은 왼쪽 다리를 질질 끌며 다가가 알렉스의 몇 걸음

앞에 멈춰 섰다.

정찬혁은 아직 제대로 움직이지 않은 왼손으로 남은 권총을 꺼내 들었다.

오른쪽 다리가 사라진 알렉스는 고통에 일그러진 얼굴로 입꼬리를 말아 올렸다.

두 사람은 서로를 마주한 채 아무런 말도 하지 않았다.

남은 한 번의 격돌, 그것이 마지막이라는 것쯤은 이미 충분히 알고 있었다.

핏!

먼저 움직인 것은 알렉스였다.

알렉스가 가볍게 손가락을 퉁기자 검은 기운의 일부가 정찬혁의 오른쪽 다리를 향해 날아들었다.

미처 피하지 못한 정찬혁이 비틀거리자 알렉스는 왼발로 바닥을 박차, 곧장 정찬혁을 향해 달려들었다.

파파팍—

불길한 검은 기운을 담은 알렉스의 왼손이 정찬혁을 향해 섬전처럼 뻗어 나갔다.

비틀거리던 정찬혁은 몸의 균형을 잡지 않고 그대로 뒤로 드러누우며 오른손에 든 권총의 방아쇠를 당겼다.

타앙—!

동시에 어깨를 크게 흔들어 왼손을 들어 올린 정찬혁은 조금의 망설임 없이 방아쇠를 당겼다.

타탕―!

양손에 든 권총의 방아쇠를 당긴 것은 0.5초 사이에 벌어진 일이었다.

두 발의 총성은 마치 방아쇠를 한 번 당긴 것처럼 들렸다.

불꽃을 뿜어내며 총구를 벗어난 두 발의 대권속탄은 알렉스의 심장 바로 앞에서 부딪쳤다.

쾅―!

낮은 폭발음이 터져 나왔다.

대권속탄에 담긴 기운이 충돌해 일어난 폭발이었다.

정찬혁에게 달려들던 알렉스는 폭발음이 터져 나오는 것과 동시에 투명한 벽에라도 부딪친 듯, 비명을 지르며 뒤로 튕겨 나갔다.

"크아아악―!"

알렉스는 목청이 찢어져라 비명을 토해냈다.

온몸에서 검은 안개가 뿜어져 나왔다.

거센 불길 속에라도 있는 듯, 몸이 부글부글 끓어오르며 녹아내리고 있었다.

두 발의 대권속탄이 폭발하며 그 안에 담겨 있는 기운이 퍼져 나가 알렉스의 온몸에 침투한 것이다.

얼마 지나지 않아 알렉스의 고통에 찬 비명은 더 이상 들려오지 않았다.

어느새 온몸이 녹아내려 검은 안개처럼 변해 버린 탓이었다.

정찬혁은 억지로 상체를 일으켜 검은 안개를 향해 다시 한 번 방아쇠를 당겼다.

타앙—!

한 발의 총성과 함께 뻗어 나간 대권속탄이 검은 안개를 꿰뚫었다.

퍽, 하는 소리와 함께 검은 안개는 흔적도 없이 사방으로 흩어져 버렸다.

정찬혁은 힘없는 미소를 지으며 나직이 중얼거렸다.

"끝났군……."

그대로 드러누워 쉬고 싶었다.

하지만 사람들이 계단을 오르는 발소리가 점점 가까워졌다.

정찬혁은 다시 한 번 온 힘을 다해 몸을 일으켰다.

총구를 바닥으로 향해 힘껏 눌러 억지로 일어선 정찬혁은 천천히 옥상 끄트머리로 향했다.

계단으로는 이미 사람들이 올라오고 있어서 빠져나갈 수가 없었다.

휘이잉—!

차가운 바람이 아래쪽에서 불어와 머리칼을 허공으로 흩날렸다.

정찬혁은 눈에 조금 구멍이 뚫려 있는 안전망이 보였다.

"어엇! 거기서 뭐하는 거요!"

"위험하니까 얼른 이리 오쇼!"

막 도착한 공사장 인부로 보이는 몇몇 중년 사내가 옥상 끄트머리에 선 정찬혁을 발견하고는 화들짝 놀라 소리쳤다.

정찬혁은 그 자리에 서서 힐끗 옥상으로 올라온 사람들을 바라보았다.

이내 정찬혁은 조금도 망설임없이 찢어진 안전망을 향해 몸을 내던졌다.

"우, 우아악!"

"떠, 떨어졌다!"

전혀 예상치 못한 상황에 놀란 인부들이 후다닥 정찬혁이 뛰어내린 곳으로 달려왔다.

하지만 크게 찢어진 안전망 밖에는 정찬혁의 모습은 어디에도 보이지 않았다.

"빠, 빨리 내려가 보자고!"

공사 현장에서 벌어진 투신사건. 자칫하다간 사건 수사 때문에 한동안 공사가 중지될 수도 있었다.

당황한 인부들은 창백한 얼굴로 허둥지둥 왔던 길을 되돌아갔다.

어느새 옥상은 텅 비어 버렸다. 차가운 바람이 주위를 어지럽히고 있을 뿐이었다.

그때였다.

우우웅―

낮은 진동과 함께 검은 안개로 녹아내린 알렉스가 있던 자리에 어느 샌가 생겨난 작은 구슬이 천천히 허공에 떠올랐다.

주위의 어둠을 모조리 집어삼킨 듯 시커먼 구슬은 한참을 허공에서 부르르 진동하다가 보름달이 떠 있는 방향으로 하늘 높이 날아가 사라져 버렸다.

휘이이잉―

을씨년스러운 바람이 불어와 핏자국이 가득 남은 옥상의 먼지를 휩쓸어갔다.

정찬혁은 곧장 아래로 떨어져 내렸다.

강한 공기 저항에 눈을 제대로 뜰 수 없었다.

머리칼이 마구잡이로 휘날렸다.

정찬혁은 권총을 품속에 갈무리한 채 실눈을 뜨고 타이밍을 쟀다.

30층. 20층⋯⋯. 10층⋯⋯.

빠른 속도로 떨어져 내리던 정찬혁이 막 10층을 지나칠 때였다. 정찬혁은 번쩍 눈을 뜨고는 손을 뻗었다.

안전망이 걸려 있는 길게 삐져나온 굵은 쇠파이프를 단숨에 잡아 챈 정찬혁은 그것을 중심으로 크게 몸을 회전 시켰다.

카캉—

쇠파이프가 정찬혁의 무게를 이기지 못하고 날카로운 금속성을 토해내며 부러졌다.

하지만 그 덕에 정찬혁의 추락 속도는 눈에 띄게 줄어들었다.

10층부터 정찬혁은 같은 방법으로 안전망이 걸려 있는 쇠파이프를 잡아 차츰 추락 속도를 늦춰갔다.

3층에 닿을 무렵에는 보통 사람이라도 조금 신경만 쓴다면 무사히 착지할 수 있을 정도로 속도가 줄어들었다.

정찬혁은 그대로 쇠파이프 위에 착지했다.

쇠파이프가 한차례 크게 흔들렸지만 부러지지는 않았다.

자세를 낮춰 몸의 균형을 잡은 정찬혁은 발을 한 번 크게 굴러, 쇠파이프의 반동을 이용해 공사장 주위를 막고 있는 담장을 향해 몸을 날렸다.

옥상에 서 뛰어내리며 미리 봐둔 가로등이 여러 개 깨져 있어서 어두운 곳이었다.

파앙—!

정찬혁은 허공에서 빙글 한 바퀴 공중제비를 돌더니 담장 위에 무사히 착지했다.

길가는 다른 곳에 비해 주위가 어두운 탓에 사람들이 잘 다니지 않았다.

나직이 안도의 한숨을 내쉬며 정찬혁은 길가로 뛰어 내렸다.

"큭!"

총에 관통당한 왼쪽 무릎이 뛰어내린 충격을 이기지 못하고 크게 꺾였다.

정찬혁은 짧은 신음과 함께 비틀거리며 바닥에 쓰러졌다. 아직 아물지 않은 상처에서 피가 왈칵 터져 나왔다.

정찬혁은 그 자리에 주저앉은 채 꼼짝도 할 수 없었다.

옥상에서 뛰어내리며 남아 있던 모든 힘을 소모한 탓이었다.

절로 부르르 몸이 떨려왔다. 금방이라도 쓰러져 버릴 것 같았지만 정찬혁은 초인적인 정신력으로 억지로 버티고 있었다.

부우웅—

갑작스레 환한 빛과 함께 자동차 엔진 소리가 들려왔다. 정찬혁은 억지로 소리가 들려온 방향으로 고개를 돌렸다.

자동차 헤드라이트의 조금 떨어진 곳에서 천천히 다가오

고 있었다. 빨리 이곳을 벗어나야 했다.

"끄으읍!"

정찬혁은 입을 악 물고 한쪽 벽에 몸을 기댄 채 몸을 일으켰다.

제대로 다리가 움직여지지 않았지만 어깨를 벽에 기댄 채, 정찬혁은 천천히, 한 걸음씩 다가오는 빛을 피해 걸음을 옮겨 갔다.

여전히 왼쪽 다리는 제대로 움직여지지 않아 질질 끌고 있는 채였다.

움직이고 있기는 했지만 정찬혁은 거의 아기가 기는 것처럼 느리게 나아갔다.

아무리 차가 천천히 움직이고 있다고 해도 헤드라이트 빛이 금세 다가왔다.

어느새 정찬혁의 바로 뒤까지 다가온 차가 멈춰 서는 것이 느껴졌다.

정찬혁은 눈앞에 보이는 기둥에 몸을 숨겼다. 다행히 기둥 뒤는 헤드라이트 빛이 닿지 않았다.

정찬혁은 차가 그냥 지나가기를 숨을 죽여 기다렸다.

덜컹!

하지만 문이 열리는 소리가 들려왔다.

정찬혁은 숨을 고르며 오른쪽 다리에 힘을 모았다.

조금만 더 있으면 한 번 정도는 크게 도약할 수 있는 힘이 생길 것 같았다.

또각! 또각!

차에서 내린 누군가가 다가오는 소리가 들려왔다.

걸음소리로 보아 여성인 것 같았다. 정찬혁은 기둥에 등을 기댄 채 오른발을 천천히 들었다.

막 정찬혁이 바닥을 박차고 도약하려는 순간.

"찬혁 씨……?"

등 뒤에서 들려온 익숙한 음성에 정찬혁은 멈칫했다.

신유진의 목소리였다. 긴장이 풀린 듯 간신히 모아 둔 힘이 빠져나갔다.

정찬혁은 더 이상 버티지 못하고 기둥에 등을 기댄 채, 주르륵 미끄러지듯 쓰러졌다.

"차, 찬혁 씨! 괜찮아요!"

그제야 기둥 뒤에 숨은 정찬혁을 발견한 신유진이 당황한 음성을 토해내며 후다닥 다가왔다.

정찬혁은 거의 정신을 잃을 듯 반쯤 감긴 눈으로 힐끗 다가온 신유진을 쳐다보았다.

무어라 억지로 입술을 달싹이긴 했지만 목소리가 나오지 않았다.

이내 정찬혁은 그대로 스륵 눈을 감고 간신히 잡고 있던 의식의 끈을 놓아버렸다.

"정신 차려요, 찬혁 씨! 찬혁 씨!"

소리치는 신유진의 음성이 멀어져 가는 의식 사이로 조용히 들려왔다.

정찬혁은 멀쩡한 곳은 거의 없어 보일 정도로 만신창이가 되어 있었다.

이미 의식을 완전히 잃어 아무리 소리쳐 보아도 반응이 없었다.

신유진은 온 힘을 다해 축 늘어진 정찬혁을 거의 업듯이 부축해 일으켰다.

무거웠다.

제대로 걸음을 뗄 수 없을 정도로 무거웠다. 하지만 신유진은 까득 이를 악물고는 천천히 세워둔 차로 다가갔다.

몇 걸음 옮기지 못하고 신유진은 풀썩 주저앉았다. 이내 하이힐을 벗어 던지고는 맨발로 몸을 일으켰다. 조금은 걸음을 옮기기가 편해진 것 같았다.

10여 분간의 악전고투 끝에 차에 다가간 신유진은 뒷좌석 문을 열고 정찬혁을 조심스레 뉘였다.

새하얀 신유진의 옷이 정찬혁의 피로 붉게 물들었다. 신유진은 피로 물든 재킷을 벗어 조수석에 던져 놓고는 운전석에 올랐다.

부아앙—!

시동을 걸어둔 채라 액셀을 밟자 곧장 묵직한 배기음과 함께 차가 출발했다.

신유진이 차를 몰고 막 공사 현장을 빠져나간 직후, 옥상에서 내려온 인부들이 웅성거리며 손전등을 들고 가로등이 깨진 거리를 비추며 다가왔다.

"이, 이 근처쯤에 떨어진 거 맞지?"

"그, 그려. 저 위에서 뛰어내렸으니까 저쪽 아니면 이 근처일 텐데……. 저쪽에는 아무것도 없었잖어?"

"그렇지. 그러면 여기가 틀림없을 텐디?"

조금 전 정찬혁이 옥상에서 뛰어내리는 것을 목격한 인부들은 귀신에라도 홀린 것 같은 기분이었다.

분명 참혹하게 으깨진 시체가 있을 거라 생각했던 곳에 아무것도 보이지 않았다.

한참을 주위를 둘러보던 인부들은 고개를 갸웃거리며 중얼거렸다.

"거참. 귀신이 곡할 노릇이구먼."

"아무래도 우리가 술에 취했나 보구먼."

"아무 일도 없으니 다행이지. 다행이야."

인부들은 안도의 한숨을 내쉬며 천천히 돌아섰다.

손전등 불빛이 기둥 근처를 스쳐 지난 순간, 희미한 핏자국이 비쳤지만 그것을 본 인부들은 아무도 없었다.

정찬혁이 눈을 뜬 것은 꼬박 하루가 지난 후의 일이었다.

낮은 신음을 흘리며 천천히 눈을 뜬 정찬혁은 자신이 카페 지하에 돌아온 것을 금세 알 수 있었다.

몸에 붕대가 감겨 있기는 했지만 통증이 느껴지지는 않았다. 정찬혁은 누운 채로 손끝을 까딱였다.

제대로 움직여지는 걸로 보아 상처는 어느 정도 회복이 된 것 같았다.

나직이 한숨을 내쉬며 몸을 일으키려던 정찬혁은 허리 부근을 무언가가 누르고 있는 것을 느꼈다.

힐끗 고개를 들자 신유진이 침대 옆에 고개를 묻고 잠들어 있는 것이 보였다.

"으음……."

정찬혁이 움직이려 한 탓인지 신유진은 낮은 신음을 흘리며 고개를 돌렸다.

정찬혁은 깊이 잠든 신유진을 깨우지 않기 위해 조심스레 몸을 움직여 침대를 벗어났다.

한쪽 구석 바닥에 피에 젖은 재킷과 그 위에 놓여 있는 두 자루의 권총이 눈에 들어왔다.

재킷처럼 권총도 피에 젖어 얼룩져 있었다. 정찬혁은 손을 뻗어 권총을 가지고 천천히 계단을 올랐다.

준비실을 지나 카페에 닿은 정찬혁은 밖에서 보이지 않는 곳에 자리를 잡고는 천천히 권총을 분해해 손질하기 시작했다.

말라붙은 피를 깨끗하게 닦아내지 않으면 녹이 슬거나 제대로 작동하지 않을 수도 있는 일이었으니.

마른 헝겊에 검붉은 피가 묻어나왔다.

정찬혁은 분해한 권총을 꼼꼼히 닦아내며 알렉스를 쓰러뜨렸을 때의 일을 머릿속에 떠올렸다.

마지막 순간, 거의 동시에 쏜 두 발의 대권속탄이 부딪쳐 폭발하며 퍼져 나간 기운에 알렉스는 제대로 저항도 하지 못하고 그대로 소멸되어 버렸다.

"그렇게나 효과가 있을 줄이야."

어느새 권총 한 자루의 손질을 끝내고 조립한 정찬혁은 저도 모르게 나직이 중얼거렸다.

최대한 대권속탄의 낭비를 줄이기 위해 떠올린 방법이 그렇게나 효과가 있을 줄은 생각지도 못한 일이었다.

알렉스를 쓰러뜨리는 데 사용한 대권속탄은 모두 네 발. 권속 하나 당 평균적으로 다섯 발을 사용할 수 있었으니, 한 발의 여유가 생긴 셈이었다.

앞으로도 이런 식으로 소모를 아낄 수 있다면 마지막 상대인 '그'에게 사용할 대권속탄은 많아질 것이다.

'그'를 상대하기 위해 정찬혁이 생각해낸 방법은 대권속탄이 많을수록 그 위력이 강해지는 것이었다.

대권속탄이 '그'에게 얼마나 통할지는 미지수였지만.

어쨌거나 이전보다 권속들을 좀 더 쉽게 상대할 수 있는 방법이 생겼다는 것은 환영할 만한 일이었다.

무작정 쏘는 것보다도 효율이 좋았다.

한 점만을 노릴 수 있는 것이 아니라 대권속탄이 폭발하는 순간, 그 속에 담긴 기운이 주위에 퍼져 나가는 것이었으니.

정찬혁은 부지런히 남은 권총을 손질하며 입꼬리를 살짝 말아 올렸다.

알렉스를 소멸시킨 방법이라면 하나가 아니라 둘 이상의 다수를 한번에 상대할 수도 있는 일이었다.

아니, 오히려 둘 이상을 동시에 상대할 때에 더욱 효율이 좋은 것이었다.

"다음에는 둘, 아니, 셋 정도는 한 번에 나타났으면 좋겠군 그래."

정찬혁은 나직이 중얼거리며 피가 말라 붙은 권총을 꼼꼼하게 정비해 나갔다.

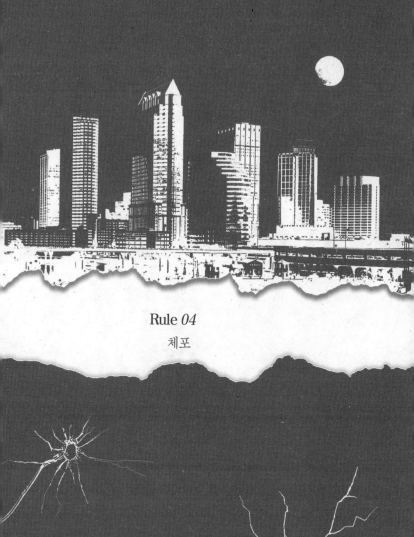

Rule *04*
체포

아침 일찍 대검찰청에 출근한 한윤철은 가방을 내려놓자마자 박상규의 호출을 받고 곧장 부장검사실로 향했다.

부장검사실 앞에서 한윤철은 낮게 헛기침을 한 후, 손을 들어 노크했다.

똑똑!

기다렸다는 듯 박상규의 음성이 안쪽에서 들려왔다.

"윤철… 아니, 한 검사냐? 들어와라."

"실례하겠습니다."

문을 열자 박상규가 책상 앞이 아니라 소파에 앉아 있는 것이 보였다.

방금 준비한 것인지 아직 김이 피어오르는 커피 두 잔이 테이블 위에 놓여 있었다.

"와서 앉아라."

최근 며칠 동안은 사건에 대해 아무런 보고도 하지 않은 터라 자신을 부른 것 같았다.

한윤철은 나직이 한숨을 내쉬며 박상규의 맞은편에 앉았다.

"안 그래도 오늘은 보고를 드리려고 했습니다."

박상규가 무어라 입을 열려는 것을 본 한윤철이 먼저 선수를 쳤다.

추궁을 하려던 박상규는 한윤철이 먼저 입을 열자 멋쩍은 듯, 쩝, 하고 입맛을 다시며 말했다.

"그래. 요즘 어떻게 되고 있냐? 밀항 루트 뒤지고 있다고 한 게 벌써 한참 지난 것 같은데……. 찾았냐?"

잠시 뜸을 들이던 정찬혁은 이내 천천히 입을 열었다.

"일단 서울로 온 것까지는 확인했습니다. 며칠 전에 동서울 터미널에 도착했더군요."

"그래? 근데 표정이 왜 그러냐? 잠을 못 자서 그런 건 아닌 것 같은데?"

거무죽죽하게 죽어 있는 한윤철의 표정에 박상규는 고개

를 갸웃거렸다.

지금까지 조금도 자취를 찾지 못하고 있던 첸이 서울에 있다는 것을 확실히 알게 되었으니 조금은 여유가 생겼을 터였다.

하지만 지금 한윤철의 얼굴은 여유는커녕, 거의 죽어가고 있다고 해도 과언이 아니었다.

검찰총장만이 아니라 대통령까지 구룡회와 깊은 연관이 있을지도 모른다는 사실을 알게 된 후, 한윤철은 제대로 잠을 잘 수 없었다.

첸의 행방을 찾아 체포하는 것에 우선순위를 두긴 했지만, 충격적인 사실을 완전히 머릿속에서 떨쳐 낼 수 없었다.

첸을 체포한 후, 모든 것이 사실임이 드러나면 어디까지 사건을 공개해야 할지에 대한 고민이 매일같이 머릿속을 어지럽혔다.

아무리 떨쳐 내려 해도 계속해서 밀려드는 고민에 잠을 설칠 수밖에 없었다.

하지만 그런 사정을 박상규에게 사실대로 얘기할 수는 없었다. 사실을 알게 되면 박상규 또한 자신처럼 될 것이 뻔했기 때문이었다.

"요 며칠 잠을 계속 설쳐서 그렇습니다. 아무래도 첸을 곧 잡을지도 모른다는 생각이 머릿속을 떠나지 않아서 말이죠."

한윤철은 그렇게 얼버무릴 수밖에 없었다. 박상규는 무언가 미심쩍은 얼굴이었다.

아무리 봐도 한윤철이 자신에게 무언가를 숨기고 있는 것 같았다. 하지만 따지고 물어 봤자 대답해 줄 한윤철이 아니었다.

한윤철이 스스로 말해주기를 기다리는 수밖에 없었다. 박상규는 나직이 한숨을 내쉬며 미심쩍어하는 얼굴을 지우고 피식 미소를 지었다.

"그러냐? 아무리 그래도 잘 땐 자 줘야지. 안 그러면 몸이 못 버틴다."

"알고 있습니다."

"아참! 그리고 피곤한 건 알지만 배정된 사건은 좀 빨리빨리 처리해라. 안 그래도 쉬운 사건만 배정한다고 뒤에서 구시렁대는 놈들이 많은 것 같더라. 맡은 사건이랑 상관없이 근무시간에 자리 비우는 것도 좀 자제하고."

"예, 알겠습니다."

천천히 몸을 일으킨 박상규는 한윤철에게 다가가 어깨에 손을 살짝 얹으며 말을 이었다.

"힘들겠지만 조금만 더 버티자. 첸 카이후, 그 영감만 체포하면 고생도 끝날 거다."

박상규는 격려하듯 한윤철의 어깨를 탁탁, 두드렸다. 한윤철은 곧장 대꾸하지 않았다.

첸을 체포하는 것으로는 일이 끝나기는커녕 오히려 더 큰 일이 시작될지도 모르는 일이었으니. 이내 한윤철은 나직이 한숨을 내쉬며 고개를 끄덕였다.

"그렇겠지요."

"그럼 가봐라. 할 일도 많을 텐데 괜히 시간 빼앗아서 미안하다."

"아닙니다. 그럼 가보겠습니다."

한윤철은 벌떡 일어나 인사를 하고는 돌아서려 했다.

순간 테이블 위에 놓여 있는 서너 개의 신문 사이로 눈에 띄는 헤드라인이 보였다.

한밤의 총격전?!

이상하게 눈길을 끄는 헤드라인이었다.

하지만 그 자리에 다시 앉아 신문을 집어들 수도 없는 일이니 한윤철은 어느 신문에 난 기사인지 슬쩍 확인하고는 돌아서서 부장검사실을 나섰다.

"오늘자 신문은 어디 놔두셨습니까?"

자신의 사무실로 들어서며 한윤철은 질문을 던졌다. 유인

혜 사무관은 못 들은 척, 사건 서류를 정리하고 있었다.

힐끔 눈치를 보던 송지훈이 대답했다.

"아마 검사님 책상 위에 있을 겁니다."

"아, 그래요?"

한윤철은 반색을 하며 곧장 집무실로 들어갔다. 송지훈의
마대로 책상 위에 조간신문 세 종류가 놓여 있었다.

조금 전 부장검사실에서 봤던 신문도 맨 밑에 깔려 있었다.

다른 두 신문을 제쳐두고 한윤철은 자신의 눈길을 끈 기사
를 천천히 읽어 내렸다.

한밤의 총격전?!

어젯밤 10시 경, 종로 라이메르 빌딩 재건축 현장에서 기괴한 사건
이 벌어졌다.

작업시간이 끝난 텅 빈 공사 현장에서 몇 발의 총성이 울린 것이
다. 당시 근처에서 술을 마시고 있던 인부들은 소리를 듣고 현장으로
향했다.

총소리와 함께 날카로운 비명을 들은 인부들은 소리가 들려온 옥
상으로 곧바로 올라갔다.

그곳에서 한 사내가 투신하는 것을 목격한 인부들은 사내가 떨어
진 곳으로 달려갔지만 약간의 핏자국을 빼고는 아무것도 찾을 수 없
었다고 한다.

헛것을 봤다고 생각하고 다시 돌아간 인부들은 다음 날 아침, 현장인 옥상에서 피 묻은 칼과 탄피 몇 개를 발견하고 곧바로 인근 경찰에 신고를 했다.

출동한 경찰에 따르면 현장에 남아 있는 출혈 흔적으로 보아 최소한 두 사람 이상이 그 자리에서 사망했을 가능성이 있다고 보고 수사에 착수했다.

현재 경찰은 현장 인근의 탐문 수사를 통해 목격자를 확보하는 한편, 국과수에 DNA 감식을 의뢰…….

확실히 이상한 사건이었다. 흥미가 생기긴 했지만 한윤철은 이내 관심을 끊으려 했다.

첸의 행방을 찾는 일 말고도 배정받은 사건이 산더미처럼 남아 있었다. 한윤철은 신문을 휙, 던져 놓고는 사건 자료를 집어 들었다.

하지만 사건 자료가 제대로 눈에 들어오지 않았다. 이상하게도 계속 기사에 난 사건이 신경이 쓰였다.

한참을 눈에 들어오지 않는 사건 자료를 뒤적이던 한윤철은 참을 수 없다는 듯 자료를 내팽개치고는 벌떡 일어났다.

현장을 한 번이라도 직접 보지 않으면 아무 일도 손에 잡히지 않을 것 같았다. 겉옷을 대충 걸친 한윤철은 그대로 밖으로 달려나갔다.

"저 잠깐 밖에 다녀오겠습니다. 점심시간 전에는 돌아올 겁니다."

"자, 잠깐만요, 검사님!"

날선 표정으로 사건 자료를 정리하고 있는 송인혜의 눈치를 살피던 윤지훈이 다급히 한윤철을 불러 세웠지만 이미 한윤철은 사무실 밖으로 달려나간 후였다.

안 그래도 날카로워 보이는 송인혜의 눈빛이 더욱 날카롭게 번뜩였다. 송지훈은 저도 모르게 침을 꿀꺽 삼켰다.

'으으. 오늘도 하루 종일 북극이겠구만. 대체 요즘 뭐가 그리 바쁘신 겁니까, 한 검사니임ㅡ!'

송지훈의 애처로운 소리 없는 외침이 조용히 울려 퍼졌다.

"여깁니다, 검사님."

작업 중인 작업과장의 안내로 현장에 도착한 한윤철은 가만히 주위를 둘러보았다.

공사가 채 끝나지 않아 건축자재들이 여기저기 널려 있는 평범한 빌딩 건설 현장의 모습이었다.

다른 것이라고는 바닥에 아직까지 남아 있는 검붉은 자국뿐이었다.

한참을 그 자리에 서서 가만히 주위를 둘러보던 한윤철은 이내 옥상 끝머리로 다가가 아래를 내려다보았다.

워낙에 고층 빌딩이라 아래쪽이 까마득하게 보였다. 주위에 안전망이 쳐져 있기는 했지만 그래도 불안하게 느껴졌다.

"사람이 투신했다는 게 이쪽입니까?"

"예, 그것 때문에 찢어진 안전망 고치느라 고생 좀 했습니다."

"뭐 다른 이상한 점은 없었습니까?"

"글쎄요? 아래층 안전망이 찢어진 게 몇 군데 있는 것 빼고는 별일 없었습니다."

"그게 몇 층인지 기억하십니까?"

"으음……. 10층부터 4층까지였던가? 뭐, 하여간 그랬을 겁니다. 10층 쪽 안전망은 고정용 쇠파이프까지 떨어져 나갔더라고요."

별 관련이 없을 것 같기도 했지만 뭔가 마음에 걸리는 점이 있었다.

"10층으로 가볼 수 있겠습니까?"

"그러시죠."

한윤철의 질문에 작업과장은 흔쾌히 고개를 끄덕였다. 10층에 있는 안전망은 다시 고친 덕에 튼튼해 보였다. 한윤철은 인부에게 질문을 던졌다.

"혹시 옥상에서 여기까지 쭉 떨어지다가 안전망에 걸려서 살아남을 수 있을까요?"

"에헤이! 높이가 얼만데. 처음부터 안전망에 계속 걸렸다면 모를 그 상황이면 피떡이 될 겁니다."

"역시 그렇겠죠? 이번엔 마지막으로 4층에 가봅시다."

4층에 도착한 한윤철은 시험 삼아 안전망에 올라가봤다. 생각대로 안전망은 꽤나 튼튼했다.

안전망 위에 서서 천천히 주위를 둘러보던 한윤철의 눈에 담장 끄트머리에 묻어 있는 검붉은 자국이 보였다. 핏자국이었다.

한윤철의 눈이 순간 번쩍였다.

"이 정도면 충분히 본 것 같습니다. 안내해 주셔서 감사합니다."

한윤철은 안전모를 벗어 작업과장에게 던지듯 건네주고는 후다닥 계단을 뛰어 내려갔다.

이내 현장을 나선 한윤철은 피가 묻어 있는 담장 부근으로 달려갔다. 예상대로 핏자국이 남아 있는 곳과 그리 떨어지지 않은 곳이었다.

한윤철은 그 자리에 서서 빌딩을 올려다보았다. 옥상에서 뛰어내리는 사내의 모습이 환영처럼 머릿속에 그려졌다.

'옥상에서 몸을 던진다……. 그대로 10층까지 떨어지다가 10층의 안전바를 잡고 충격을 완화, 4층까지 같은 방법으로 떨어지다가 3층에 착지. 그리고 담장을 뛰어 넘는다……?'

작업과장이 전해준 현장의 상황은 그렇게 말해주는 것 같았다.

하지만 무슨 슈퍼 히어로가 아닌 이상, 인간으로서는 절대 불가능한 일이었다.

이내 한윤철은 머릿속에 떠오른 환영을 지우며 나직이 중얼거렸다.

"에이. 그럴 리가 없지."

*   *   *

마태진은 정신없이 키보드를 두드리고 있었다.

방대한 분량의 CCTV 영상을 해킹해 검색 대상인 첸의 행방을 찾느라 벌써 일주일째 잠도 제대로 자지 않고 컴퓨터 앞에 앉아 있었다.

붉게 충혈된 눈은 금방이라도 피가 터져 나올 것 같았지만 마태진은 눈 하나 깜짝하지 않고 모니터에 집중하고 있었다.

본체에 연결된 다섯 개의 모니터 중 네 개는 모두 16개의 CCTV 영상을 재생하고 있었고, 나머지 하나는 첸과 그 일행의 모습을 재생되는 영상과 겹쳐 실시간으로 검색하고 있었다.

워낙에 방대한 양의 데이터를 검색하는 일이라 컴퓨터가

과부하가 걸려 연기를 뿜어내며 사망한 것도 벌써 여섯 대가 넘었다.

그나마 지금은 검색 분량이 조금 줄어든 데다 네트워크에 연결된 수십여 대의 컴퓨터에 데이터를 분산, 처리하고 있어서 상황이 조금 나아진 편이었다.

마태진의 해킹 실력과 상관없이 시간이 많이 걸리는 이유는 단순히 검색해야 할 CCTV 영상의 데이터 량이 어마어마한 탓이었다.

검색범위를 좁힐 수 없으니 최초 검색 조건은 동서울 터미널 반경 1km 내의 모든 CCTV 및 당시 근처를 오가던 택시, 버스 등의 블랙박스 영상이었다.

그렇게 검색에 첸의 모습이 잡히면 다시 그곳을 중심으로 이전의 검색 조건과 겹치는 부분을 제외한 반경 1km 내의 영상을 검색하는 식이었다.

아무리 많은 컴퓨터를 연결해 데이터를 분산 검색한다고 해도 시간이 많이 걸리는 것은 당연한 일이었다.

한참을 키보드를 두드리던 마태진은 그 자리에서 손을 뻗어 옆에 놓여 있는 컵라면을 집어 들었다.

한참이나 전에 뜨거운 물을 부어 놓은 탓에 컵라면은 팅팅 불어 있었다. 하지만 마태진은 아랑곳하지 않고 나무젓가락을 뜯어 컵라면을 먹기 시작했다.

후루룩! 후루루룩—

면과 국물을 한꺼번에 들이켜는 소리가 들려왔다. 그러면서도 마태진은 모니터에서 시선을 떼지 않았다.

칭—!

순간 낮은 차임벨 소리가 스피커에서 터져 나왔다. 첸의 모습이 검색되었다는 신호였다.

마태진은 라면을 입에 문 채로 황급히 마우스를 집어 들었다. 몇 번 클릭을 하자 모니터에 위성 지도가 나타나고 한 점이 반짝거렸다.

첸의 모습이 포착된 CCTV가 있는 지점이었다. 반짝거리는 점을 더블클릭하자 영상이 재생되었다.

택시에 타고 있는 첸과 그 일행의 모습이 얼핏 영상을 스쳐 지나갔다.

동서울 터미널에서 지금 표시된 곳까지 어느 정도 진행 방향을 알 수 있으니 검색 범위를 좀 더 좁힐 수 있었다.

"흐음……. 택시로 이동 중이니, 좁은 골목길은 제외하고, 택시가 갈 수 있는 길로 범위를 한정하면… 어휴. 이래도 검색 범위가 많이 줄어들지는 않네. 에이 씨. 이놈의 서울은 뭐가 이리 복잡한 거야?"

오랫동안 감지 않아 푸석푸석해진 머리를 벅벅 긁으며 마태진은 구시렁댔다.

이내 마태진은 남은 컵라면은 그대로 후루룩 마셔 버렸다.

*　　　*　　　*

　노숙자, 샐러리맨, 화류계 출신 여성, 평범한 20대 핫팬츠 여성, 폭주족, 그리고 초등학생.

　전혀 어울리지 않는 조합의 여섯 사람이 한자리에 둥글게 모여 앉아 있었다.

　그들은 처음 자신들이 만났던 버려진 낡은 건물에서 얼마 떨어져 있지 않은 곳에 있는 허름한 카페에 자리를 잡고 있었다.

　워낙에 허름하고 구석진 곳에 있는 카페라 여섯 사람 말고는 다른 손님들은 아무도 없었다.

　카운터에서 조금 떨어진 곳이라 여섯 사람이 나누는 대화가 들릴 염려도 없었다.

　"주문하신 음료 나왔습니다."

　카페 종업원이 꺼림칙한 얼굴로 조심스레 다가와 커피를 비롯한 음료 여섯 잔을 테이블 위에 내려놓고는 도망치듯 물러났다.

　카운터로 돌아간 종업원은 수상쩍은 일행이 있는 곳을 간간히 흘끔흘끔 쳐다보곤 했다.

"'그분' 께서 눈을 뜨실 날이 머지않았다."

가장 먼저 입을 연 것은 노숙자였다. 그 말을 샐러리맨이 자연스레 받았다.

"'그분' 께서 오실 길을 예비해야 한다. '그분' 께서 계획한 일을 방해하는 자가 있다고 들었다."

화류계 여성이 고개를 끄덕였다.

"이미 그 방해자에게 셋이 소멸되었다."

"그냥 가만히 보고 있을 수는 없다. '그분' 께서 눈을 뜨시기 전에 방해자를 제거해야만 한다."

이번에 입을 연 것은 가죽 라이더 재킷을 입은 폭주족 사내였다. 그 말을 핫팬츠 여성이 받았다.

"지금부터 당장 움직여야 한다."

"둘씩 짝을 지어 움직이자. 방해자를 찾으면 모두에게 신호를 보내라. 이미 셋이 당했으니 다 같이 상대하는 거다."

초등학생이 말을 마치자 여섯 사람은 마치 기다렸다는 듯 벌떡 일어났다. 그리곤 두 사람씩 짝을 지어 순서대로 카페를 나섰다.

카운터에서 흘끔흘끔 눈치를 살피고 있던 종업원은 주문한 음료를 마시지도 않고 갑자기 일어나 밖으로 나가는 괴상한 조합의 일행의 모습을 멍하니 바라보았다.

여섯 사람이 모두 카페에서 나가 버린 후에야 종업원은 피뜩 정신을 차렸다.

"자, 잠깐만요! 계산은 하고 가셔야죠!"

곧장 밖으로 달려나온 종업원이었지만 이미 사라져 버린 여섯 사람의 모습은 어디에도 보이지 않았다.

쨍—

사용한 컵을 씻어서 한쪽에 늘어놓고 마른 천을 찾고 있던 정찬혁은 귓가에 들려온 낮은 진동음에 고개를 갸웃하며 컵이 놓여 있는 곳을 바라보았다.

방금 씻은 머그컵 두어 개가 살짝 금이 가서 이가 나갔다. 깨진 유리조각이 바닥에 떨어져 있었다.

"갑자기 이가 나가다니. 이상한 일이로군."

나직이 중얼거리며 정찬혁은 이가 나간 머그컵을 집어 들어 따로 골라냈다. 그리곤 마른 천을 들고 다른 컵의 물기를 닦아내기 시작했다.

그런데.

찡—

다시 한 번 들려온 소리에 정찬혁은 물기를 닦고 있던 컵을 바라보았다.

바닥까지 길게 흉한 금이 생겨나 있었다. 순간 한줄기 불안감이 등줄기를 타고 머리를 스쳤다.

정찬혁은 나직이 한숨을 내쉬며 컵을 내려놓았다.

"후우. 또 시작이로군."

*   *   *

"이걸로 배정받은 사건은 일단락이로군."

한윤철은 지친 얼굴로 중얼거렸다. 지난 며칠 동안 한윤철
은 쉬지 않고 자신에게 배정된 사건을 처리했다.

첸의 행방을 쫓는 일은 마태진에게 거의 맡겨 둔 상태라 자
신이 따로 할 일은 없었다.

그 덕에 한윤철은 오랜만에 밀려 있는 업무에 파묻혀 지낼
수 있었다.

빌딩 사건에 잠깐 신경이 쓰이기는 했지만 쌓여 있는 사건
서류를 보다 보니 자연스레 잊혀졌다.

급한 사건들은 모두 처리하고 이제 남은 것은 그리 어렵지
않은 간단한 것들뿐이었다.

조금은 여유가 생긴 한윤철은 의자에 깊이 몸을 뉘였다. 이
미 퇴근시간이 훨씬 지난 때라, 야근을 하는 몇몇을 빼고는
사람들이 별로 남아 있지 않았다.

송지훈과 유인혜도 몇 시간 전에 퇴근시키고 혼자서 사무
실을 지키고 있던 한윤철이었다.

절로 스르륵 두 눈이 감겼다. 길게 하품을 하며 한윤철은 자기도 모르는 새에 잠이 들어버렸다.

우우웅—

한윤철이 막 달콤한 잠에 빠져 있을 때였다.

갑자기 들려온 휴대폰의 진동음이 한윤철을 잠의 수렁에서 건져냈다.

번쩍 눈을 뜬 한윤철은 책상 한쪽 구석에 놓인 휴대폰을 집어 들었다. 액정에 표시된 번호는 눈에 익은 것이었다.

마태진의 번호였다. 순식간에 잠이 확 달아났다. 한윤철은 곧장 통화 버튼을 누르며 말했다.

"찾았습니까?"

아무런 인사도 없이 곧장 불쑥 질문을 던졌지만 마태진의 대답이 곧장 날아들었다.

—네! 검색 완료했습니다. 대충 위치도 확보해 뒀어요.

"지금 당장 그리로 가겠습니다."

한윤철은 벌떡 일어나 옷을 대충 걸쳐 입고는 밖으로 뛰쳐나갔다. 휴대폰 수화기에서 장난기 어린 마태진의 음성이 흘러나왔다.

—거봐요. 제가 열흘이면 가능하다고 했죠? 히힛!

한 시간여 후, 한윤철은 마태진의 원룸에서 모니터를 가만히 바라보고 있었다.

마태진은 히죽 미소를 지으며 동서울 터미널에서부터 첸이 포착된 CCTV 영상을 재생했다.

"여기 보세요. 지금 막 택시를 탔죠? 이제 올림픽 대교 쪽으로 가고 있어요."

마태진은 수십여 개의 영상을 차례로 재생했다. 첸 일행이 탄 택시는 올림픽 대교를 지나 올림픽 도로를 타고 영동대교까지 가서 멈춰 섰다.

택시에서 내린 첸 일행은 도보로 조금 이동했다가 다시 택시를 타고 영동대교를 건넜다.

그렇게 몇 번이고 택시를 바꿔 타고 여기저기 돌아다닌 끝에 마지막으로 포착된 곳은 동대문 인근이었다.

"이 근방에는 CCTV가 없는 것 같더라고요. 혹시나 싶어서 근처 다른 곳을 모두 뒤져 봤는데 아직 검색되는 게 없는 걸 보니 아마 이 부근을 뒤지면 찾을 수 있을 거예요."

마태진은 모니터에 위성 지도를 띄워 놓고 한 지점을 둥글게 표시했다.

가만히 표시된 지점을 바라보던 한윤철은 휴대폰을 꺼내 들고는 어딘가로 전화를 걸었다.

"형님, 저 윤철입니다. 예, 찾은 것 같습니다. 체포영장 언제까지 가능하겠습니까? 내일이요? 알겠습니다. 계획은 제가

세울 테니 병력이나 물자 지원 부탁드립니다. 예, 알겠습니다. 그럼 내일 뵙겠습니다."

금방 전화를 끊은 한윤철은 나직이 한숨을 내쉬며 모니터를 바라보았다.

드디어 첸의 신병을 확보할 수 있는 날이 눈앞으로 다가왔다.

지난 수년간 온갖 고생을 하며 비밀리에 수사하던 사건을 한 번에 해결할 가장 중요한 열쇠를 얻기 직전이었다.

감회가 새로웠지만 마냥 좋아할 수만은 없었다.

윤준식 대통령이 구룡회와 깊은 관계가 있다는 것이 첸의 입을 통해 사실로 밝혀진다면 어떻게 될지에 대한 생각이 머릿속에 떠오른 탓이었다.

하지만 이내 한윤철은 고개를 내저으며 떠오른 생각을 떨쳤다. 지금은 첸을 확보하는 것만 생각해야 했다.

"한 검사님? 괜찮으세요?"

갑자기 한윤철이 절레절레 고개를 흔들자 마태진이 의아한 얼굴로 말했다. 한윤철은 피식 미소를 지으며 입을 열었다.

"아, 예. 아무것도 아닙니다. 그동안 정말 고생 많으셨습니다, 마태진 씨. 덕분에 이번 사건을 해결할 수 있을 것 같습니다. 정말 감사드립니다."

"에이. 뭘요. 그 덕에 저도 꽤나 레벨 업한 걸요. 히힛! 근데 제 도움은 더 필요 없으신가요?"

"지금까지 만으로도 충분합니다. 이젠 신경 쓰지 마시고 하고 싶은 일을 하십시오. 웬만하면 사법 기관이나 은행 같은 쪽은 해킹을 자제해 주시면 좋겠습니다만……."

"뭐, 노력해 볼게요."

마태진은 히죽 미소를 지으며 고개를 끄덕였다. 한윤철은 빙그레 미소를 지으며 악수를 청했다.

"그럼 다음에 또 뵙겠습니다. 사건을 마무리하고 난 뒤에 크게 한턱 쏘겠습니다."

"먹는 거보다는 최신형 부품 하나가 더 좋은데……."

한윤철의 손을 맞잡으며 마태진이 중얼거렸다. 한윤철은 미소를 띤 채 고개를 끄덕였다.

"원하시는 부품이 있으면 언제든 말씀해 주십시오. 당장 구해다 드리겠습니다."

"우와! 정말요? 그럼 필요한 게 생각나면 연락드릴게요."

"네, 기다리겠습니다."

두 사람은 손을 잡은 채 서로의 시선을 나눴다.

사는 세계도, 생각하는 것도 전혀 달랐지만 어느새 미소가 살짝 닮아진 것 같은 두 사람이었다.

　　　　　*　　　*　　　*

　저벅! 저벅!

　근처 마트에서 생필품과 식료품을 구매하고 은신처로 돌아가던 린은 무언가 달라진 것 같은 느낌에 그 자리에서 걸음을 멈췄다.

　천천히 주위를 둘러보았지만 달라진 점을 찾을 수는 없었다. 한참을 그 자리에 서 있던 린은 나직이 중얼거리며 다시 걸음을 옮기기 시작했다.

　"내가 너무 예민해진 건가?"

　지잉—

　빠른 속도로 은신처를 향해 걸어가는 린의 뒷모습을 가로등 위에 설치된 작은 카메라가 계속해서 비추고 있었다.

　"린 샤오위, 확인했습니다."

　도로 가에 세워진 트럭 안에서 감시카메라 콘솔을 다루던 사내가 조용한 음성으로 보고했다.

　택배 물류 트럭으로 위장된 수사본부 차량이었다. 수사관들의 배치와 행동요령을 지시하고 있던 한윤철이 가까이 다가와 감시카메라 영상을 확인했다.

　"첸이나 다른 둘은?"

"아직 보이지 않습니다. 아무래도 린 샤오위 혼자서 나온 것 같습니다."

"어디로 가는지 계속 추적하세요."

"예, 알겠습니다."

한윤철은 모니터에서 시선을 떼고 다시 수사관들 배치를 확인했다.

마태진에게서 첸이 있을 법한 곳을 알게 된 한윤철은 곧장 박상규에게 지원을 요청하고 초소형 감시카메라 수십여 대를 설치했다.

낮에 전기 공사를 하는 것처럼 위장해 가로등 위에 설치한 것이라 아무리 눈치가 빠른 자라고 해도 쉽게 알아챌 수 없을 터였다.

거기다 사복 수사관 2백여 명을 동원해 요소요소에 배치해 두었다.

첸의 은신처의 위치가 확보되는 대로 근처에 있는 수사관 전부를 동원해 모두 체포할 계획이었다.

다행히도 지금까지는 한윤철의 계획대로 흘러가고 있었다.

한윤철은 긴장한 듯 침을 꿀꺽 삼키며 린이 은신처로 가는 것이 포착되기만을 기다렸다.

한윤철의 기대와는 달리 린은 아까부터 누군가가 자신을 감시하고 있다는 것을 피부로 느끼고 있었다.

비록 감시카메라의 존재를 알아채지는 못했지만 오랜 훈련으로 인한 감각이 계속해서 경고를 해주고 있었다.

아무렇지 않은 듯 태연하게 걸음을 옮기고는 있었지만, 눈동자는 빠르게 주위를 훑고 있었다.

평소와는 달리 처음 보는 사내들이 여럿 눈에 띄었다. 평범한 사람으로 위장을 하고는 있었지만 풍기는 분위기나, 희미하게 전해지는 화약 냄새로 보아 군인, 아니, 경찰일 확률이 높았다.

'추적자라면 모를까 어떻게 한국 경찰이……?

알 수 없는 일이었다. 첸이 구룡회에서 파문당하기 전, 혹시 무슨 일이 생길지 몰라 린이 미리 준비해 둔 은신처였다.

안전을 위해 일부러 반경 500m 내에는 방범용 CCTV도 없는 곳을 고르지 않았던가.

게다가 이곳까지 오는 동안 길을 크게 돌고 차를 몇 번이나 바꿔 타 추적자의 눈을 속이기까지 했다.

그런데 어떻게 경찰이 은신처를 알아낸 것일까.

생각해 봤자 해답을 알 수 없는 일이었다. 린은 아랫입술을 살짝 깨물었다.

그나마 다행이랄 수 있는 것은 잠복 경찰이 은신처 주위를 서성거릴 뿐, 정확한 위치는 모르는 눈치였다.

어차피 두 친위대원에게는 밖으로 나오지 말고 첸을 지키라고 명령을 내려두었다.

정해진 시간이 지나도 자신이 은신처로 돌아오지 않는다면 두 친위대원은 곧장 다른 곳으로 이동할 것이다.

첸의 안전을 위해서는 자신이 근처에 있는 경찰들의 시선을 다른 곳으로 돌려야 했다.

'다섯… 열둘… 서른……'

린은 최대한 주위를 돌아다니며 형사로 보이는 자들을 체크했다. 적어도 1백 명은 너끈히 넘어 보였다.

부지런히 걸음을 옮기며 린은 머릿속으로 계획을 세웠다. 형사들의 숫자는 많았지만 많아야 네 명 정도가 함께 있었다.

소란을 피워서 눈길을 끌 바에는 주위를 돌아다니며 쓰러뜨리는 게 나을 것 같았다.

결정을 내린 린은 날카로운 눈빛을 발하며 가까운 곳에 있는 형사를 향해 천천히 걸음을 옮기기 시작했다.

"린 샤오위의 움직임이 이상합니다. 아까부터 계속 골목을 이리저리 맴돌고만 있는데요?"

감시 카메라 영상을 확인하던 형사가 고개를 갸웃하며 말했다. 주위에 잠복해 있는 수사관들의 보고를 듣고 있던 한윤철이 다가왔다.

"뭐라고요?"

"5분 전에도 이 카메라가 설치된 쪽을 지나갔는데, 방금 또 지나갔습니다. 이쪽도 마찬가지고요. 아무래도 눈치를 챈 것 같은데요?"

가만히 감시카메라 영상을 지켜보던 한윤철의 얼굴이 크게 일그러졌다.

조용히 걸음을 옮기던 린이 갑자기 근처에 있는 수사관들을 향해 달려드는 장면을 본 탓이었다.

—치치칙! 용, 용의자가 갑자기 공격으… 컥!

순간 무전기에서 잡음과 함께 짧은 비명이 들려왔다. 감시카메라 영상에는 쓰러진 두 수사관의 모습과 순식간에 자리를 떠나는 린의 모습이 비춰져 있었다.

"젠장……! 전 수사관에게 알린다. 용의자, 린 샤오위의 확보를 우선한다. A팀과 B팀, 그리고 C팀은 린 샤오위를 쫓아라. 나머지 D팀과 E팀은 현재 위치를 고수 하라. 용의자의 저항이 심하니 발포를 허가하겠다."

—라져!

—알겠습니다, 오버!

—지금 용의자가 보입니다. 바로 쫓겠습니다.

무전기를 타고 사방에서 대답이 들려왔다.

이내 감시카메라에 비친 수사관들이 바쁘게 움직이기 시작했다.

한윤철은 까드득 이를 악물고는 부릅뜬 눈으로 감시카메라 영상을 주시했다.

탁탁탁—!

린은 마트에서 산 물건들을 내던지고는 빠른 속도로 내달렸다.

앞을 막아선 형사들을 가볍게 제압하고 골목을 이리저리 빠져나갔다. 벌써 린이 쓰러뜨린 형사들만 스물이 넘었다.

하지만 뒤를 쫓는 형사들의 숫자가 점점 늘어났다. 권총까지 꺼내 든 걸로 보아 발포 허가가 난 모양이었다.

앞으로 내달리던 린은 급작스레 오른쪽 골목으로 몸을 던졌다. 권총을 든 세 사람이 앞을 막고 있었다.

"칫—!"

낮게 혀를 차며 린은 자세를 낮춰 달려들었다. 당황한 형사가 엇, 하며 헛바람을 집어삼켰다.

린은 어깨로 한 사람의 가슴을 후려치며 손을 뻗어 권총을 든 손을 꺾었다. 동시에 몸을 회전시켜 옆에 있는 사내의 허리를 걷어찼다.

"컥!"

짧은 신음과 함께 순식간에 두 사내가 나가떨어졌다.

남은 사내가 막 방아쇠를 당기려는 순간, 린은 상체를 급히 숙이며 한 손으로 바닥을 짚고 권총을 쥔 손목을 올려 찼다.

빠각—

손목뼈가 으스러지는 소리와 함께 비명이 터져 나왔다.

"크악!"

발차기의 반동을 이용해 벌떡 몸을 일으킨 린은 쓰러지는 사내를 쳐다보지도 않고 내달렸다.

그런 식으로 10여 명을 더 쓰러뜨린 후였다. 체력 훈련을 소홀히 한 것은 아니었지만, 워낙에 폭발적으로 힘을 많이 쓴 탓에 호흡이 거칠어졌다.

게다가 형사들은 자신이 어디로 움직이고 있는지 미리 알고 있는 것처럼 먼저 몸을 피하거나 한자리에 모여 길을 막았다.

맨손이었다면 어떻게든 뚫고 지나갔겠지만 모두 권총을 겨누고 있는 터라 다른 방향으로 몸을 피해야 했다.

아무래도 누군가 상황을 지켜보고 형사들에게 실시간으로 명령을 내리고 있는 것 같았다.

처음 느꼈던 시선이 사람이 아닌 감시카메라였다면 가능한 일이었다. 그러고 보니 낮에 전기 공사를 한다고 주변이 소란스러웠던 일이 떠올랐다.

'미리 눈치챘어야 했는데……'

지금 후회해 봤자 이미 늦은 일이었다. 그보다 자신이 이렇게 형사들의 시선을 끄는 동안 쳰이 무사히 다른 은신처로 빠져나가기를 빌 뿐이었다.

하지만 린의 격렬한 저항은 곧 벽에 부딪쳤다. 눈치채지 못한 사이에 한쪽 방향으로 유도되어 수많은 형사에게 포위되어 버린 것이다.

린은 걸음을 멈췄다. 골목 앞뒤에 권총을 든 형사들이 가득했다.

타앙—

정면에 있는 형사 하나가 허공을 향해 방아쇠를 당겼다. 그리곤 천천히 린을 겨눴다.

"린 샤오위, 허튼 수작 부리지 말고 그 자리에 무릎을 꿇어라."

형사들의 총구가 일제히 린을 겨눴다. 린은 나직이 한숨을 내쉬었다.

마음만 먹는다면 형사들이 방아쇠를 당기기 전에 일부는 쓰러뜨릴 수 있었다.

하지만 자신도 금방 피투성이가 되어 쓰러질 것이었다. 차라리 총이라도 한 자루 있었으면 좀 더 상황이 나으련만.

권총을 빼앗으려고 해보았지만 형사들은 쓰러지면서도 절

대 총을 놓지 않았다.

혹시나 바닥에 떨어진 권총을 주우려고 하면 금세 다른 형사들이 나타나 어쩔 수 없이 몸을 피해야만 했다.

더 이상의 저항은 무의미했다.

린은 두 손을 든 채로 무릎을 꿇었다. 첸을 위해서라면 목숨은 하나도 아깝지 않았다.

하지만 홍콩을 떠난 이후, 첸은 몇 번이나 자신과 친위대원에게 말했었다.

헛되이 목숨을 버리려 하지 말라고. 무슨 일이 있어도 살아남으라고. 그것이 자신의 마지막 명령이라고.

이 정도로 소란을 피웠으니 남은 두 친위대원이 위기를 눈치채고 무사히 빠져나갔을 거라 믿으며 린은 저항을 멈췄다. 첸의 명령을 따르기 위해서.

형사들이 자신에게 권총을 겨눈 채 천천히 다가오는 것이 보였다.

린은 씁쓸한 미소를 지으며 스륵 두 눈을 감았다. 형사들이 달려오는 소리와 수갑의 차가운 쇳소리가 이내 귓가에 들려왔다.

"43번 카메라에 용의자 첸 카이후, 샤오 시에, 라우 친타이가 포착되었습니다."

린의 움직임에 맞춰 수사관들을 지휘하던 한윤철은 귓가에 들려온 음성에 43번 카메라로 눈을 돌렸다.

반지하로 보이는 방에서 휠체어에 탄 첸을 부축해 막 밖으로 나오는 두 용의자의 모습이 눈에 들어왔다.

한윤철은 속으로 쾌재를 부르며 급히 무전을 보냈다.

"첸 카이후를 포착했다. 대기 중인 D팀과 E팀은 C12구역을 중심으로 모든 길목을 차단하라. 용의자들이 보이면 현장 판단 하에 발포를 허가하겠다. 적어도 다섯 이상이 함께 움직여야 한다."

—D팀 알았다. 오버!

—치직— E팀 알았다. 오버!

대기 중이던 수사관들이 지정 포인트를 향해 서둘러 움직이는 것이 화면에 비쳤다.

린을 쫓는 수사관들은 어느 정도 포위망을 형성한 상황이라 한윤철의 관심은 첸을 확보하는 데 쏠려 있었다.

그때였다. 수사관들의 움직임을 지켜보고 있는 한윤철의 귓가에 낮은 잡음과 함께 무전 보고가 들어왔다.

—용의자 린 샤오위 확보! 다시 한 번 말한다. 용의자 린 샤오위 확보했다!

무전을 들은 한윤철은 저도 모르게 무전기를 들고 밖으로 뛰쳐나갔다.

더 이상은 수사본부 차량에서 가만히 기다리고 있을 수만은 없었다.

한윤철은 그대로 첸이 포착된 지정포인트를 향해 한달음에 내달렸다.

"아무래도 분위기가 좋지 않습니다. 좀 더 서두르겠습니다, 첸 대인."

휠체어를 밀고 있는 샤오가 조심스레 말을 걸었다. 첸은 가만히 고개를 끄덕였다.

"난 괜찮으니 신경 쓰지 말고 가자꾸나."

"예, 대인."

샤오의 걸음이 더욱 빨라졌다. 샤오의 앞에서 주위를 살피던 라우의 낯빛이 창백해졌다.

어느새 주위가 권총을 든 사내들로 가득해진 탓이었다. 빠져나갈 틈은 보이지 않았다.

"이, 이런! 대체 언제……!"

라우는 신음하듯 중얼거렸다. 혹시나 첸이 떨어지지나 않을까 조심하며 휠체어를 밀고 있던 샤오도 그제야 주위 상황을 알 수 있었다.

라우가 고개를 돌리자 눈이 마주친 샤오가 살짝 고개를 끄덕였다.

라우는 그 자리에 선 채로 천천히 품속에 손을 넣었다. 막 권총을 끄집어내려던 라우의 귓가에 첸의 낮은 호통이 날아 들었다.

"멈춰라, 라우. 내가 전에 한 명령을 잊은 게냐?"

순간 무슨 일이 있어도 살아남으라던 첸의 명령이 라우의 머릿속을 스쳤다.

"하, 하지만 첸 대인……!"

라우가 첸을 바라보며 무어라 항변하려 했다. 하지만 첸의 조용한 음성이 먼저였다.

"그만하면 되었다. 이 늙은 몸이 무어가 미련이 남아 너희 들마저 희생시키겠느냐. 이제 충분하니 그만하자꾸나. 샤오, 너도 마찬가지다."

역시나 총을 꺼내려던 샤오는 돌처럼 굳었다. 이내 두 친위 대원은 바닥에 총을 떨어뜨리며 그 자리에 풀썩 주저앉았다.

"죄송합니다, 대인……."

"용서하십시오, 대인……."

두 사람은 눈물을 흘리며 첸에게 사죄했다. 첸은 미소를 지 으며 두 사람의 어깨를 가만히 두드렸다.

"아니다. 오히려 내가 미안하구나."

그러는 사이 현장에 도착한 한윤철은 수사관들 사이를 뚫 고 천천히 첸에게 다가갔다.

첸은 희미한 미소를 지으며 가만히 한윤철을 바라보았다. 한윤철은 말없이 수갑을 꺼내 들었다.

철컥!

휠체어에 수갑을 채운 한윤철은 천천히 입을 열었다.

"첸 카이후. 재단법인 진용과 관련해 각종 세금포탈, 뇌물 공여, 횡령, 살인 교사의 혐의로 체포합니다. 당신은 묵비권을 행사할 수 있으며 변호사를 선임할 권리가 있습니다. 지금부터 하는 모든 발언은 법정에서 불리하게……."

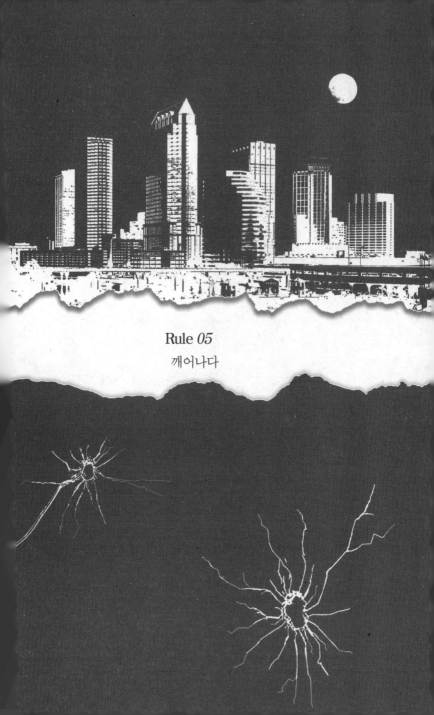

Rule *05*

깨어나다

대검찰청 수사관만 2백여 명이 동원된 대규모 작전이었지만 첸의 체포는 언론에 알려지지 않았다.

　제대로 조사가 끝나기도 전에 수사 내용이 언론에 알려졌다가 큰 혼란이 찾아올지도 모른다는 이유 때문이었다.

　은밀히 대검찰청으로 압송된 첸은 지하 유치장으로 옮겨졌다.

　함께 체포된 린을 비롯한 세 사람은 서로 얼굴을 마주할 수 없도록 각각 따로 유치장에 수용되었다.

　혹시라도 입을 맞춰 증언을 유리하게 조작할 수도 있기 때

문이었다. 체포될 것을 가정해 이미 입을 맞춰 놓았을 가능성
도 있기는 했지만.

"수고했다, 윤철아. 아니, 한 검사."

"아닙니다. 지원해 주신 덕분에 생각보다 큰 소란 없이 첸
을 확보할 수 있었습니다."

"내가 무슨. 처음부터 발로 뛴 건 다 너잖아."

"부장님이 믿어주시지 않았다면 지금까지 버티지도 못했
을 겁니다."

공을 자신에게 돌리는 한윤철의 태도가 박상규는 못내 미
더웠다. 박상규는 피식 미소를 지으며 말을 이었다.

"공치사는 적당히 해라, 짜식아. 그나저나 이제부터가 진
짜 시작이라는 건 알고 있지? 첸이 아무런 자백도 안 하면 말
짱 도루묵이다."

"알고 있습니다."

순간 한윤철의 낯빛이 어두워졌다.

첸의 체포 작전에 집중하느라 잊고 있던 사실 하나를 떠올
린 탓이었다.

순간적으로 한윤철의 표정이 어두워지는 것을 잠시 이상
하게 생각했지만, 피곤해서 그런가 보다 하고 그냥 넘긴 박상
규가 말했다.

"지금 맡고 있는 사건들은 전부 다른 검사들한테 돌려놓을

테니까 넌 자백 받아내는 것에만 집중해라. 알겠지?"

"그래도 괜찮겠습니까? 다른 검사들 불평이 커질 텐데요."

"첸 정도의 거물을 체포한 거 잖냐? 검찰총장 뇌물수수 건이 아니라도 까발릴 게 많을 거다. 그 정도는 다들 알고 있을걸? 그대로 혹시 투덜거리는 놈이 있으면 당장 나한테 알려줘라. 그냥 콱! 까다로운 사건만 몰아줄 테니."

박상규의 말에 한윤철은 피식 미소를 지었다. 이내 고개를 끄덕이며 천천히 입을 열었다.

"알겠습니다. 마무리까지 제가 책임지도록 하겠습니다."

"좋아. 기대하고 기다리마."

부장검사실을 나선 한윤철은 연신 한숨을 내쉬며 터덜터덜 자신의 사무실로 돌아왔다.

송지훈이 벌떡 일어나며 말을 걸었다.

"좀 전에 들었습니다, 한 검사님. 어쩐지 그동안 이상하다 했더니 계속 그 사건을 수사하고 계셨던 겁니까? 진작에 귀띔이라도 좀 해주시지. 그래도 제가 원년 멤버인데… 좀 섭섭합니다."

"죄송합니다, 송 수사관님. 워낙에 극비로 하던 일이라 제가 먼저 말할 수 없었습니다."

"뭐, 괜찮습니다. 그냥 약간 서운할 뿐이에요. 근데 이제

어떻게 되는 겁니까?'

"부장 검사님께서 끝까지 마무리하라고 하셨습니다. 지금 맡고 있는 사건들은 다른 검사들한테 넘기라고 하셨으니까 자료 정리해 두세요, 유 사무관님. 송 수사관님도 개인적으로 정리해 둔 자료가 있으면 따로 모아 두시구요."

그간의 사정을 대충이나마 전해들은 유인혜의 표정은 이전보다 조금은 누그러져 있었다.

하지만 여전히 날카로운 눈초리로 한윤철을 바라보며 고개를 끄덕였다.

"알겠습니다. 사건 별로 자료를 정리해 두겠습니다."

"다른 일은 없습니까?'

송지훈의 질문에 한윤철은 고개를 내저었다.

"아뇨. 그 정도만 하시면 됩니다. 다른 일은 저 혼자 해야 하는 일이라서요."

그대로 집무실로 들어간 한윤철은 열쇠로 잠가놓은 책상 서랍을 열고, 마태진이 해킹한 검찰총장의 계좌 거래와 관련된 자료를 꺼냈다.

가만히 자료를 한 장, 한 장 넘겨보던 한윤철은 깊은 한숨을 내쉬더니, 벌떡 일어나 지하 유치장을 향해 걸음을 옮기기 시작했다.

첸은 오랜만에 꿈을 꾸고 있었다. 정찬혁이 천진난만하게 미소 짓던 시절의 꿈이었다.

양친과 함께 불쑥 찾아왔던 어린 정찬혁은 항상 미소를 지으며 첸의 품속에 폭 안기곤 했다.

일가친척이 하나도 없는 첸에게 가족의 따듯함을 알려준 것이 정찬혁 일가였다.

하지만 행복은 그리 길지 않았다.

아무런 예고 없이 찾아온 짙은 어둠이 정찬혁의 부모를 집어삼켰다.

홀로 남은 정찬혁은 어둠 속에서 울부짖었다. 첸은 아무것도 할 수 없었다.

정찬혁을 구하기 위해 뻗은 손은 어둠을 닮은 검은 손에 의해 가로막혔다. 어둠이 정찬혁을 삼키려는 것을 첸은 그저 바라볼 수밖에 없었다.

어린 정찬혁은 어느새 어둠 속에서 성장해 있었다. 어린 시절의 미소는 온데간데없이 사라지고, 어둠을 닮은 무표정한 얼굴만이 가득했다.

정찬혁은 그대로 돌아서서 더욱 깊은 어둠 속으로 걸어 들어갔다.

멈춰라!

온 힘을 다해 소리쳐 불러 보았지만 정찬혁에게는 첸의 외침이 전해지지 않았다.

한참을 그렇게 어둠 속으로 사라져 가던 정찬혁이 문득 걸음을 멈췄다.

첸은 전해지지 않은 외침을 토해내며 정찬혁을 향해 손을 뻗었다.

첸을 향해 돌아선 정찬혁은 천천히 손을 들었다. 어느새 정찬혁의 손에는 권총이 들려 있었다.

총구가 첸을 향했다. 정찬혁은 아무런 감정이 느껴지지 않는 무표정한 얼굴로 망설임없이 방아쇠를 당겼다.

총성은 들리지 않았지만 총구가 불꽃을 뿜어냈다.

그리고…….

"허억—!"

첸은 짧은 신음을 토해내며 번쩍 눈을 떴다.

악몽이었다.

온몸이 식은땀으로 흠뻑 젖어 있었다. 첸은 한 팔로 몸을 지탱해 억지로 상체를 일으켰다.

땀을 많이 흘린 탓인지 목이 바짝 말랐다. 주위를 둘러보자 반쯤 마시다 만 생수병이 눈에 들어왔다.

손을 뻗어 생수병을 집어 든 첸은 벌컥벌컥 단숨에 물을 들이켰다. 하지만 생수병을 완전히 비우고도 갈증은 사라지지 않았다.

"밖에 아무도 없소?"

조용히 불러 보았지만 대답 대신 침묵이 되돌아왔다. 첸은
마른 침을 삼키며 길게 한숨을 내쉬었다.

눈앞에 보이는 철창이 자신의 신세를 말해주는 것 같았다.
절로 씁쓸한 미소가 지어졌다.

저벅! 저벅!

얼마 지나지 않아 누군가 다가오는 발소리가 귓가에 들려
왔다. 침대에서 몸을 일으켜 휠체어에 앉은 채로 첸은 눈을
감은 채 가만히 발소리에 귀를 기울였다.

이내 발소리가 멈추고 덜컹, 하는 쇳소리가 들려왔다. 천천
히 눈을 뜨자 자신에게 수갑을 채운 사내가 눈앞에 서 있었
다.

"대검찰청 소속 검사, 한윤철이라고 합니다."

첸은 자신의 앞에 내밀어진 검사증을 가만히 바라보았다.
이내 사내, 한윤철은 검사증을 주머니에 구겨 넣고는 의자 하
나를 가져와 첸의 앞에 앉았다.

"체포 당시에 들으셨겠지만 첸 카이후, 당신의 혐의는 재
단법인 진용과 관련된 세금포탈, 뇌물공여, 횡령 등입니다.
거기에 신문 결과에 따라 장기 밀수, 마약 밀매, 살인 교사 등
이 추가될 예정입니다."

"……."

"그러면 용의자 신문에 들어가겠습니다. 이름 첸 카이후, 89세. 중국 허베이성[河北省] 창저우[滄州] 출생. 맞습니까?"

첸은 대답 대신 가만히 고개를 끄덕였다. 한윤철은 힐끗 첸을 바라본 후, 천천히 서류를 넘기며 신상명세를 하나하나 확인해갔다.

"12살 무렵 혼자서 홍콩으로 건너가 구룡성채(九龍城寨) 인근을 전전하며 노숙 생활. 15살 무렵, 구룡회의 전신인 강룡파(降龍派)에 가입, 말단 조직원으로 시작해 43세에 보스 자리까지 올라……."

한윤철이 천천히 읽어 내리고 있는 첸의 신상정보는 어린 시절부터 처음 홍콩에 흘러들어 구룡회의 장로가 되기까지의 과정이 간략하게 기록되어 있었다.

인터폴과 홍콩 공안 당국의 협조를 얻어 구한 자료였다.

한윤철은 자료를 읽으면서도 가끔씩 첸에게 사실이 아닌지 확인했다.

첸은 아무런 대답 없이 가만히 고개를 끄덕일 뿐이었다. 기본적인 신상정보를 확인하는 데만 30분이 넘게 걸렸다.

"그러면 이제 본격적인 신문을 하겠습니다. 먼저… 구룡회와 재단법인 진용의 관계에 대해 자세히 말씀해 주시겠습니까?"

"……."

쳰이 아무런 말도 하지 않자 한윤철은 자료를 뒤적이며 진용과 관련된 몇 가지 혐의에 대한 질문을 던졌다.

여전히 쳰은 아무런 대답도 하지 않았다. 어떤 질문을 던져도 쳰은 묵묵부답으로 일관할 뿐이었다.

"하아… 계속 아무 말도 하지 않을 셈입니까?"

나직이 한숨을 내쉬며 한윤철이 물었다. 쳰은 입안이 바짝 말라 메마른 음성으로 천천히 입을 열었다.

"진짜로 묻고 싶은 건 따로 있는 것 같네만……."

정곡을 찌른 쳰의 말이었다. 구룡회가 어쩌고, 진용이 어쩌고 하는 것은 이미 한윤철의 관심사가 아니었다.

그저 체포 영장을 발부받은 혐의가 그것이라 형식적으로 묻고 있을 뿐이었다.

진짜로 답을 듣고 싶은 것은 따로 있었다. 잠시 침묵하던 한윤철은 몇 군데 형광펜으로 표시된 금융거래 관련 자료를 꺼내 쳰에게 내밀었다.

"그러면 단도직입적으로 묻겠습니다. 이 자료에 표시된 입출금 내역, 보신 적이 있습니까?"

가만히 자료를 바라보던 쳰이 한참 후에야 천천히 입을 열었다.

"물 한 잔만 줄 수 있겠나?"

　　　　　*　　　*　　　*

　파칵—!

　각성한 숙주의 검은 기운과 정찬혁의 핸드나이프가 부딪
쳐 낮은 파열음을 토해냈다.

　정찬혁은 짧은 호흡을 뱉어내며 눈앞의 숙주에게 쇄도해
들어갔다.

　핏! 피핏—

　정찬혁의 핸드나이프가 날카로운 빛을 번쩍였다. 이내 숙
주의 등 뒤에서 모습을 드러낸 정찬혁은 핸드나이프에 묻은
피를 허공에 털어냈다.

　털썩—

　그 자리에 돌처럼 굳어 있던 숙주는 힘없이 쓰러졌다. 정찬
혁은 이블 불릿을 장착한 권총을 꺼내 들며 천천히 돌아섰다.

　숙주는 쓰러진 채로 검붉은 피를 뿜어내며 바르르 떨고 있
었다.

　정찬혁은 쓰러진 숙주에게로 다가갔다. 갑자기 숙주가 괴
성을 지르며 벌떡 일어나 정찬혁에게 달려들었다.

　"크와아악—!"

　하지만 정찬혁은 조금도 당황하지 않고 슬쩍 한 걸음 뒤로

물러나며 숙주의 미간을 향해 총구를 들고 방아쇠를 당겼다.

타앙—

이블 불릿에 미간을 격중 당한 숙주는 단단한 벽에 부딪치기라도 한 듯 비명을 지르며 뒤로 튕겨나갔다.

"끄아악—!"

쿠당탕! 쿵탕!

숙주는 바닥에 몇 번이나 부딪치며 뒤로 튕겨나가다가 벽에 부딪쳤다. 혀를 비죽 빼문 것이 이미 기절해 버린 것 같았다.

툭!

거의 동시에 허공에서 맹렬히 회전하던 이블 불릿이 바닥에 떨어졌다.

정찬혁은 총구에서 흘러나오는 화약 연기를 털어내고는 품속에 넣었다. 그리곤 바닥에 떨어진 이블 불릿을 향해 손을 뻗었다.

정찬혁의 손이 아직까지 열기를 품은 이블 불릿에 닿으려는 순간.

"방해자. 찾았다."

갑자기 들려오는 어린아이의 앳된 음성에 정찬혁은 움찔하며 급히 돌아섰다.

초등학교 저학년쯤 되어 보이는 사내아이와 얼핏 보기에

도 화류계에 종사할 것 같은 노출도가 강한 옷을 입은 여성이
정찬혁을 가만히 바라보고 있었다.

"권속… 인가?"

정찬혁은 신음하듯 나직이 중얼거렸다.

숙주를 처리하느라 권속이 이렇게까지 가까이 다가오는
것을 미처 눈치채지 못한 것이다. 화류계 여성이 입꼬리를 말
아 올리며 허공으로 손을 뻗었다.

"찾았으니 다들 불러야 한다."

화류계 여성의 손끝에서 주위 가득한 어둠과 닮은 검은빛
이 두 줄기 뿜어져 나와 어딘가로 사라졌다.

정찬혁은 천천히 돌아섰다. 눈앞에 있는 두 권속은 당장 덤
벼들 생각은 없는 것 같았다.

"나머지 넷도 이곳으로 부른 건가?"

정찬혁의 질문에 사내아이가 히죽 미소를 지으며 대답했
다.

"모두 곧 도착할거다. 그런데 넷이 더 있다는 건 어떻게 안
거지?"

"글쎄……?"

정찬혁은 말꼬리를 흐리며 글록 두 자루를 꺼내 들고 탄창
멈치를 엄지로 강하게 눌렀다.

총을 든 손을 아래로 떨치자 이블 불릿이 장착된 탄창이 바

닥에 떨어졌다.

털커덕—!

정찬혁은 그대로 두어 걸음 뒤로 물러나며 재킷 양쪽 주머니에 넣어둔, 대권속탄이 장착된 탄창을 꺼내 장전했다.

철컥! 철컥!

낮은 격철음이 터져 나왔다.

정찬혁이 두 자루의 글록에 대권속탄을 장전하기까지 걸린 시간은 고작해야 0.5초 남짓, 정찬혁은 그대로 총구를 뻗어 방아쇠를 당겼다.

권속 여섯을 한꺼번에 상대하기는 아무리 생각해도 무리였다. 나머지 넷이 도착하기 전에 빨리 눈앞의 둘을 처리해야 했다.

타아앙—

거의 동시에 총구를 벗어난 두 발의 대권속탄은 곧장 두 권속의 사이로 날아들었다.

"이게 뭐지?"

나직이 중얼거리며 사내아이 권속이 날아드는 대권속탄 하나를 맨손으로 잡았다.

치이이익—

대권속탄이 사내아이의 엄지와 검지 사이에서 고속으로 회전하며 살이 타들어가 시커먼 연기를 뿜어냈다.

사내아이 권속이 대권속탄 하나를 잡는 바람에 궤적이 어긋나 남은 한 발의 대권속탄은 헛되이 허공을 스쳐 뒤쪽 벽에 틀어박혔다.

"칫!"

정찬혁은 혀를 차며 다시 한 번 방아쇠를 미세한 차이를 두고 당겼다. 이번에는 사내아이 권속의 손끝에 잡혀 있는 대권속탄을 노린 것이었다.

타탕─!

대권속탄을 잡은 손끝이 타들어가는 것에 의아한 표정을 짓고 있던 사내아이 권속은 연이어 날아드는 총탄을 힐끗 바라보았다.

그 옆에서 가만히 지켜보고 있던 화류계 여성은 별 대수롭지 않다는 듯 입꼬리를 말아 올렸다.

"그런 하찮은 인간의 무기로 우릴 상대할 수는……."

화류계 여성이 채 말을 마치기 전에 날아든 두 발의 대권속탄은 사내아이 권속의 손끝에 있는 대권속탄에 부딪쳤다.

쾅─

낮은 폭음과 함께 대권속탄에 담긴 기운이 안개처럼 퍼져나갔다.

사내아이 권속은 아무런 저항도 하지 못하고 고스란히 온몸으로 대권속탄의 기운을 받아내야 했다.

"크아아악—"

겉모습과는 어울리지 않는 찢어져라 날카로운 비명이 터져 나왔다.

사내아이 권속의 몸이 빠른 속도로 녹아내렸다. 화류계 권속의 사정도 그리 다르지 않았다.

옷이 타들어가고 드러난 맨몸이 강한 열기에 얼음이 녹듯 부글부글 끓으며 녹아내리고 있었다.

"캬아악—!"

입에서는 고통에 찬 기괴한 괴성이 터져 나왔다. 정찬혁은 천천히 뒤로 물러나며 온몸이 녹아내리고 검은 안개가 되어버린 두 권속을 향해 방아쇠를 당겼다.

타앙—

대권속탄이 검은 안개를 꿰뚫었다. 커다란 구멍이 뻥 뚫려 있던 검은 안개는 이내 사방으로 흩어졌다.

정찬혁은 나직이 한숨을 내쉬며 중얼거렸다.

"앞으로 넷……."

정찬혁은 그 자리에 서서 탄창을 분리했다.

권속 둘을 쓰러뜨리며 다섯 발을 사용했으니 이제 남은 것은 41발이었다.

탄창 하나, 15발을 따로 빼두면 26발을 사용할 수 있었다. 정찬혁은 탄창 하나에 대권속탄을 13발씩 나눠 장착했다.

철컥! 철컥!

미리 장전을 한 정찬혁은 나직이 호흡을 골랐다.

그리 힘들지 않게 둘을 쓰러뜨렸으니 이 자리를 뜰까도 잠깐 생각해 보았지만 이번 기회에 남은 권속들을 모두 처리하는 게 더 나을 것 같았다.

물론 조금 전과 같은 상대의 방심으로 인한 행운이 또 찾아올 리가 없었으니 정찬혁은 차분히 마음을 가라앉히고 뒤이어질 권속들과의 마지막 싸움을 기다렸다.

핑! 피핑—

그때였다. 무언가 작은 물건이 빠른 속도로 날아가는 듯 날카로운 파공성이 귓전을 어지럽혔다.

두 권속이 소멸된 자리에서 무언가가 허공으로 날아 가버린 것이다.

정찬혁은 실눈을 뜨고 밤하늘을 바라보았다. 어둠 속에서 무언가 얼핏 스쳤다. 하지만 제대로 보이지 않았다.

무언가가 날아간 방향을 물끄러미 바라보던 정찬혁은 왠지 모를 불길함을 느끼고는 저도 모르게 어깨를 흠칫 떨었다.

"여긴가?"

"방해자, 찾았다."

"둘은 이미 소멸 당한 건가?"

앞뒤에서 들려온 낯선 음성에 정찬혁은 권총을 들어 올린 채 고개를 돌렸다.

앞에서는 샐러리맨 차림의 사내와 라이더 재킷을 입은 사내가 천천히 다가오고 있었다.

등 뒤에서는 허름한 노숙자 사내와 짧은 핫팬츠를 입은 20대 여성이 다가왔다. 네 사람 모두 강한 권속의 기운을 뿜어내고 있었다.

"인간… 과는 조금 다르군. 하지만 어떻게 권속을 소멸시킨 거지?"

샐러리맨이 고개를 갸우뚱거리며 물었다. 그 말을 노숙자가 받았다.

"저 총이 수상하군. 모두 조심해라."

"방해자는 처리하면 그만이다."

"그분의 앞길을 위해 방해자는 제거한다."

라이더 재킷과 핫팬츠가 기계적으로 중얼거리며 앞뒤에서 동시에 달려들었다.

정찬혁과의 거리는 10미터가 넘었지만 두 권속은 바닥을 한 번 박차는 것으로 코앞까지 다가왔다.

동시에 날카로운 검은 기운이 뿜어져 나와 정찬혁의 몸을 덮쳤다.

"크읏!"

갑작스러운 두 권속의 공격에 정찬혁은 헛바람을 집어삼

키며 허공으로 뛰어올랐다.

두 권속의 검은 기운이 허공에서 서로 얽혔다. 정찬혁은 허공에서 몸을 뒤틀어 등을 보인 두 권속을 향해 총구를 뻗었다.

정찬혁이 막 방아쇠를 당기려는 찰나.

파캉—!

측면에서 날아든 무언가가 왼손의 권총을 후려쳤다.

슬라이드가 깨지고 완충 스프링이 탄성을 이기지 못하고 튕겨 나갔다.

장전되어 있던 대권속탄이 사방으로 비산해 바닥에 떨어졌다.

정찬혁은 권총을 부순 강한 힘에 저항하지 못하고 빙글빙글 몇 바퀴나 회전한 후에야 바닥에 착지할 수 있었다.

"이, 이런……!"

완전히 부서져 버린 글록을 확인한 정찬혁은 혀를 찼다. 한 자루는 무사했지만 권속을 상대하기 위해 고안해낸 방법을 사용할 수는 없었다.

파팟—

생각을 정리하기도 전에 또다시 무언가가 날아드는 소리가 귓전을 스쳤다.

정찬혁은 부서진 권총을 내던지며 몇 걸음이나 뒤로 물러났다.

팍! 파파팍!

날아든 것은 바닥을 굴러다니는 작은 돌멩이였다. 물러나는 정찬혁의 뒤를 쫓아 검은 기운을 담은 돌멩이가 총알처럼 날아들어 바닥에 틀어박혔다.

노숙자가 튕겨낸 것이었다. 연신 뒤로 물러나던 정찬혁은 갑자기 방향을 바꿔 오른쪽 측면으로 뛰쳐나가는 것과 동시에 방아쇠를 연속으로 두 번 당겼다.

탕! 타탕―!

권총이 하나 부서진 터라 한 자루로 짧은 순간 총구의 궤적을 바꿔 연사하는 수밖에 없었다.

총구를 벗어난 두 발의 대권속탄이 허공에서 부딪쳤다.

쾅!

하지만 이미 권속들은 사정거리 밖으로 몸을 날린 후였다. 순간 등 뒤에서 날카로운 예기가 느껴졌다.

급히 허리를 뒤틀었지만 왼쪽 허리 쪽이 뜨끔한 느낌과 함께 길게 베였다.

옷이 갈라지고 피가 배어나오기 시작했다. 두 뼘은 넘어 보이는 칼날처럼 날카로운 핫팬츠의 손톱이 허리를 할퀴고 지나간 것이었다.

"크읏!"

정찬혁은 짧은 신음을 뱉어내며 뒤이어 날아드는 핫팬츠의 손톱을 피했다.

돌아보지도 않고 본능적으로 총구를 들이 밀고 망설임없이 방아쇠를 두 번 당겼다.

타탕―

다시 한 번 대권속탄이 부딪쳐 폭발했지만 여전히 네 권속 중 누구도 피해를 입지 않았다.

남은 것은 모두 9발, 그 안에 결말을 내지 않으면 끝장이었다.

파곽!

또다시 무언가가 날아들었다.

정찬혁은 그대로 바닥을 뒹굴며 공격을 피해냈다. 문득 조금 전 권총이 박살 나며 사방으로 튕겨나간 대권속탄 한 발이 손끝에 닿았다.

순간 뇌리에 한줄기 번개가 내리친 것처럼 한 가지 방법이 떠올랐다.

바닥을 몇 바퀴 굴러 벌떡 일어난 정찬혁은 전력을 다해 바닥을 박차고 허공으로 뛰어올랐다.

타탓!

바닥이 깊이 패고 정찬혁의 몸은 거의 10미터 가까이 뛰어올랐다. 권속들이 네 방향에서 거의 동시에 정찬혁을 향해 날아들었다.

허공에서 허리를 뒤튼 정찬혁은 재빨리 사방에 흩어져 있는 대권속탄의 위치를 확인했다.

파슉—! 퍼억!

그 때문에 권속들의 공격을 피하지 못하고 몸으로 고스란히 받아내야 했다.

핫팬츠의 날카로운 손톱이 왼쪽 어깨를 꿰뚫었다. 노숙자가 퉁겨낸 작은 돌멩이가 왼쪽 무릎 뼈를 바스러뜨렸다.

사내아이의 육탄 돌격에 허리가 부러질 듯 크게 휘었다. 라이더 재킷의 팔꿈치가 목울대를 후려쳤다.

"커헉!"

정찬혁은 짧은 비명을 지르며 왈칵 피를 토해냈다. 각자 공격을 성공시킨 네 권속은 서로 교차해 바닥으로 떨어져 내렸다.

정찬혁의 몸은 공격을 당한 충격으로 좀 더 높은 허공에 떠올랐다.

온몸이 바스러진 것 같은 통증이 밀려왔다. 하지만 정찬혁은 까득 이를 악물고는 억지로 몸을 뒤틀었다.

피로 물든 정찬혁의 눈은 사방에 흩어진 13발의 대권속탄을 쫓고 있었다.

네 권속은 아직 바닥에 착지하기 전이었다. 정찬혁은 피투성이가 된 얼굴로 입꼬리를 살짝 말아 올렸다.

그리곤 오른손의 권총을 빠른 속도로 움직이며 방아쇠를 연이어 내당겼다.

탕! 타타탕!

총구가 불꽃을 내뿜었다. 총구를 벗어난 일곱 발의 대권속탄이 막 바닥에 착지한 권속들의 근처에 떨어져 있는 대권속탄으로 날아갔다.

쾅! 콰쾅—!

연이어 터져 나오는 충돌음과 함께 대권속탄에 담긴 기운이 안개처럼 퍼져 나가 네 권속들을 집어삼켰다.

바닥에 착지하기 직전에 대권속탄의 기운이 터져 나온 것이라 도저히 피할 틈은 없었다.

"크아아악!"

"끄워어!"

날카로운 비명과 함께 권속들의 피부가 부글부글 끓어오르고 몸이 녹아내리기 시작했다.

정찬혁은 회심의 미소를 지으며 그대로 바닥에 떨어졌다.

쿵—

네 번의 공격을 한꺼번에 받은 탓에 정찬혁은 제대로 착지하지 못하고 바닥에 등을 부딪치고 말았다.

순간적으로 숨이 탁 막히고 등 정체가 부러진 듯 뻐근했다.

정찬혁은 그 자리에 드러누운 채 고개를 돌려 주위를 바라보았다. 어느새 주위는 네 권속인 녹아서 생긴 검은 안개로 가득했다.

정찬혁은 누운 채로 천천히 손을 뻗어 자신을 둘러싸고 있는 검은 안개를 향해 방아쇠를 당겼다.

타앙—

총성과 함께 검은 안개는 언제 그랬냐는 듯 빠른 속도로 흩어지기 시작했다.

검은 안개가 완전히 사라지고 난 후에도, 한참의 시간이 지난 후에야 정찬혁은 어느 정도 몸을 가눌 수 있었다.

"후우…… 이제 남은 건 하나… 뿐인가?"

모든 권속의 주인인 '그'를 떠올리며 정찬혁은 나직이 중얼거렸다.

천천히 일어난 정찬혁은 그 자리에 서서 주위를 둘러보았다. 아직 폭발하지 않은 대권속탄이 6발 남아 있었다.

정찬혁은 바닥에 흩어진 대권속탄을 하나하나 주웠다. 그러는 도중에 콩알만 한 검은 구슬 몇 개를 발견할 수 있었다.

숫자는 모두 네 개, 권속들이 착지한 방향에 놓여 있었다.

"이게 뭐지?"

정찬혁은 검은 구슬 하나를 집어 들었다.

순간! 검은 구슬이 갑자기 진동하기 시작했다. 워낙 강한 진동이라 정찬혁은 검은 구슬을 놓치고 말았다.

하지만 검은 구슬은 바닥에 떨어지지 않고 조금씩 허공으로 떠오르기 시작했다.

우우우웅—

네 개의 검은 구슬은 한차례 크게 진동음을 토해내더니, 일제히 어두운 하늘 저 멀리 날아가 버렸다.

가만히 검은 구슬의 궤적을 눈으로 쫓던 정찬혁은 순간 저도 모르게 어깨를 부르르 떨었다.

'뭐지? 이 느낌은……?'

순간 눈앞이 핑 돌며 정찬혁은 그 자리에 풀썩 쓰러져 버렸다.

차 안에서 정찬혁이 돌아오기를 기다리고 있던 신유진은 갑작스레 등줄기를 스치는 오한에 움찔하며 창밖을 내다보았다.

밤하늘을 희미하게 밝히는 달빛 사이로 검은 빛줄기 몇 개가 저 멀리 날아가는 얼핏 눈에 들어왔다.

"저건……?"

검은 빛줄기는 순식간에 시야에서 사라졌지만 신유진은 한참 동안이나 멍하니 밤하늘을 바라보았다.

다시 한 번 등줄기를 타고 오한이 일었다.

신유진은 부르르 몸을 떨며 양손으로 어깨를 감싸 쥐었다. 지금까지와는 비교할 수 없을 정도로 엄청난 불길한 예감이 온몸을 스쳤다.

"서, 설마 벌써……? 아니겠지. 아닐 거야……."

머릿속에 떠오른 가능성을 애써 부정하며 신유진은 고개를 절레절레 내저었다.

하지만 불길한 예감과 오한은 가라앉지 않았다.

신유진은 감기 몸살에라도 걸린 것처럼 온몸을 와들와들 떨었다.

차에 히터가 켜져 있었지만 온기라고는 조금도 느껴지지 않았다.

한참을 그렇게 손으로 몸을 감싼 채 부르르 몸을 떨던 신유진은 무언가에 홀리기라도 한 것처럼 콘솔 박스를 열었다.

그동안 모아온 악마의 기운을 회수한 이블 불릿이 모두 그 안에 들어 있었다.

목표로 하던 숫자가 얼마 남지 않을 무렵부터 신유진은 항상 콘솔박스에 이블 불릿을 보관해 두고 있었다.

신유진은 이블 불릿을 모두 꺼내 들고는 밖으로 나왔다.

무언가에 홀린 것도, 두려워하는 것도 같은 얼굴로 신유진은 저도 모르게 비틀비틀 걸음을 옮기기 시작했다.

　　　　　*　　　*　　　*

　서울 외곽의 허름한 창고.

　야산과 맞닿은 그리 넓지 않은 숲 속에 있는 창고라 사람들의 걸음이 거의 닿지 않은 채, 오랜 세월 동안 버려져 있는 곳이었다.

　겉보기에는 금방이라도 무너질 듯 낡아 보였지만, 아주 조금의 빛도 새어 들어가지 않도록 출입구며, 창이 단단히 막혀 있었다.

　드드드드—!

　조금 전부터 낡은 창고를 중심으로 지진이라도 난 것처럼 지반이 흔들리기 시작했다.

　이상한 것은 다른 곳은 아무렇지도 않은데 창고가 있는 곳만 지반이 들썩이고 있다는 것이었다.

　금방이라도 무너질 듯 흔들리던 지반은 저 멀리 하늘에서 시커먼 빛줄기 몇 개가 날아들어 창고 안으로 빨려 들어가자, 언제 그랬냐는 듯 진동이 가라앉았다.

　팍! 파팍!

　시간차를 두로 날아든 검은 빛줄기는 모두 여섯 개였다.

　검은 빛줄기가 창고 안으로 빨려들 듯 사라지자 갑작스레 시커먼 안개가 창고에서 흘러나와 주위를 감싸기 시작했다.

창고의 모습이 제대로 보이지 않을 정도로 짙은 검은 안개
는 천천히 주위를 맴돌며 주위의 풀뿌리며 먼지, 나뭇가지들
을 모조리 집어삼켰다.

　쿠르릉—

　갑작스레 밀려온 먹구름이 하늘을 뒤덮고 달빛을 가렸다.
주위에 칠흑 같은 어둠이 내려앉았다.

　먹구름이 뇌성을 토해냈지만 빛은 한줄기도 보이지 않았
다.

　휘우우우—

　낡은 창고를 감싼 검은 안개는 어느새 거센 회오리바람이
되어 휘몰아쳤다. 하늘을 뒤덮은 먹구름이 시커먼 번개를 쏟
아냈다.

　콰릉! 콰콰쾅—

　고막이 찢어질 듯 날카로운 뇌성이 연이어 터져 나왔다. 먹
구름이 토해낸 시커먼 번개는 모조리 검은 안개 폭풍으로 빨
려 들어갔다.

　한참 동안이나 미친 듯 뇌성을 토해내며 번개를 쏟아내던
먹구름은 어느 샌가 서서히 가시기 시작했다.

　창고를 감싸 올랐던 검은 안개의 회오리바람도 그와 함께
서서히 잦아들었다.

　조금씩 낡은 창고의 모습이 드러나기 시작했다. 아니, 검은

안개의 회오리바람이 흩어지며 창고도 함께 가루가 되어 서서히 허물어져 갔다.

검은 안개의 회오리바람이 사라지고 난 후, 낡은 창고는 흔적도 없이 사라져 버렸다.

대신 성인 두엇은 충분히 들어갈 수 있을 정도의 커다란 검은 구체가 그 자리에 덩그러니 놓여 있었다.

유리나 다른 재질로 이루어진 구체가 아니었다. 일렁이는 검은 안개가 구체의 형태를 한 것이었다.

슈르르르―

검은 안개의 구체는 그 자리에서 엄청난 속도로 맹렬하게 회전하고 있었다.

피이이잉―

회전속도는 점점 빨라지며 날카로운 파공성을 토해냈다.

그러면서 조금씩 구체의 형태가 변화하기 시작했다. 원통형으로 변하는가 싶더니 이내 항아리와 비슷한 형태로 변화했다.

얼마 지나지 않아 검은 구체는 보통 체격의 사람의 형상이 되었다. 그러면서 회전 속도가 점점 줄어들었다.

이내 완전히 회전을 멈추자 허리까지 내려오는 긴 흑발의 사내가 모습을 드러냈다.

가만히 눈을 감고 있던 사내가 천천히 눈을 뜨자 주위가 순식간에 어둠으로 물들었다. 사내의 눈은 전부가 깊은 어둠을 담고 있었다.

"나의 종들이 모두… 나에게로 되돌아 왔구나."

사내는 나직이 중얼거리며 검은 빛줄기가 날아왔던 방향으로 천천히 고개를 돌렸다.

"저쪽인가?"

말을 마치자마자 사내는 그대로 한줄기 검은 빛살이 되어 어두운 하늘로 사라졌다.

사내가 사라진 자리에 남은 것은 어둠, 그 깊이를 알 수 없는 한없는 어둠만이 조용히 내려앉아 있을 뿐이었다.

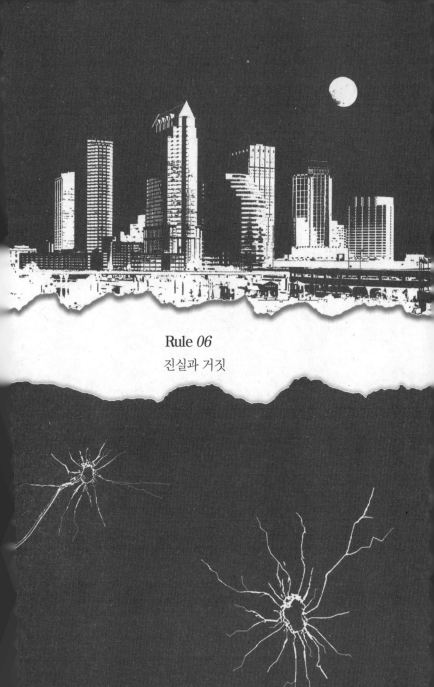

Rule *06*
진실과 거짓

"하아……. 계속 그렇게 묵비권을 행사하실 생각입니까?"

한윤철은 깊은 한숨을 내쉬며 조용히 물었다. 하지만 여전히 첸은 아무런 대꾸도 하지 않았다.

그저 가만히 한윤철을 바라보고 있을 뿐, 모르쇠로 일관했다.

지난 며칠 동안 한윤철은 첸의 자백을 받아내기 위해 온갖 방법을 다 동원해 보았다.

정중하게 물어보기도, 때로는 윽박지르며 따져 보기도, 나중에는 사법 거래를 제의해 회유하려고도 했다.

하지만 첸은 요지부동이었다. 처음 신문을 시작했을 때 물을 달라고 했던 게 첸이 한 마지막 말이었다.

그 후는 입에 지퍼라도 잠근 듯 아무런 말도 하지 않고 있었다.

"좋습니다. 생각을 정리할 시간을 좀 더 드리죠. 내일 이 시간쯤에 다시 찾아오겠습니다. 부디 현명한 선택을 하시기 바라겠습니다."

한윤철은 천천히 몸을 일으켜 밖으로 나갔다. 철창을 잠그고 가만히 첸을 바라보던 한윤철은 이내 린을 가둬 둔 반대편 끄트머리의 유치장으로 향했다.

대검찰청 지하 유치장은 모두 5개의 구획으로 나눠져 있었다.

각 구획 간에는 두꺼운 벽으로 가로막혀 있어서 웬만큼 큰 소리가 아닌 한에는 소리가 다른 구역으로 새어 나가지 않았다.

첸 일행을 체포한 후, 대검찰청 지하 유치장으로 데려온 것은 바로 그런 이유 때문이었다.

네 사람을 각자 다른 구획에 유치해 두고 따로따로 신문하고 있었던 것이다.

린은 손목과 발목에 모두 수갑을 차고 구속 복을 입고 있었다.

위낙에 격투기나 호신술이 뛰어나 식사를 가져온 수사관을 몇 번이나 넉 다운 시킨 탓에 어쩔 수 없이 손발을 묶어놓는 수밖에 없었다.

"첸 대인은······?"

한윤철이 다가오는 발소리를 들은 린이 천천히 고개를 들었다.

한윤철은 철창 앞에 멈춰 서며 대답했다.

"여전히 묵비권을 행사 중이십니다."

"어디 불편한 곳은 없으시겠지?"

"그 꼴을 하고도 남 걱정을 하는 겁니까? 아무 말도 없어서 그렇지 멀쩡합니다. 식사도 거르지 않고 제때 잘 먹고 있더군요."

"그렇군."

린은 나직이 안도의 한숨을 내쉬며 고개를 끄덕였다. 이내 린은 용건을 다했다는 듯 고개를 푹 숙였다.

한윤철은 근처에 있는 의자를 가져와 철창을 사이에 두고 린의 맞은편에 앉았다.

"린 샤오위 씨, 더 하실 말씀은 없는 겁니까?"

"대인께서 무사하시다면 그걸로 됐다. 대인께서 명하신다면 모를까, 내가 스스로 당신 질문에 대답할 일은 없을 거다."

여전히 같은 소리만 반복하는 린이었다. 어떤 훈련을 받은 것인지 다른 두 용의자, 샤오와 라우도 린과 같은 반응이었다.

한윤철은 거푸 한숨을 내쉬며 말을 이었다.

"자꾸 이러시면 저희만 곤란한 게 아닐 텐데요?"

"무슨 소리지?"

린이 관심을 보이자 한윤철은 철창 가까이 얼굴을 가져다 대며 낮은 음성으로 말했다.

"뭐, 잘 아시겠지만 저 위에 계신 검찰총장님께서 구룡회의 돈을 받아 챙기시지 않았습니까? 그러다 보니 아무래도 무슨 부탁을 받은 모양입니다. 사흘 안에 확실한 자백이나, 증거가 없으면 석방하라더군요."

"뭐라고?"

린이 움찔 놀라며 한윤철을 똑바로 바라보았다. 한윤철은 무표정한 얼굴로 조용히 말을 이었다.

"총장님 입장에서야 입에 칼을 물고 있는 거나 마찬가지이니 그럴 만도 합니다. 어쩌면 총장님께서 직접 당신들이 여기 있다고 구룡회에 연락했을지도 모릅니다. 이게 무슨 뜻인지는 당신도 잘 아시겠지요?"

이대로 자백을 하지 않아 사흘 후에 유치장은 나가게 되면 구룡회의 추적자들이 찾아올 거라는 뜻이었다.

린의 얼굴이 전에 없이 딱딱하게 굳었다. 하지만 자신만의 판단으로 섣불리 자백할 수는 없었다.

무엇 때문인지 알 수는 없었지만 첸이 계속해서 묵비권을 행사하고 있는 것만은 틀림없었으니. 친위대인 자신으로서는 첸의 뜻을 따를 수밖에 없었다.

"……."

잠시 반응이 있었지만 린이 다시 입을 다물고 침묵하자 한윤철은 어쩔 수 없다는 듯 어깨를 으쓱해 보이고는 천천히 몸을 일으켰다.

"뭐, 그래도 아무 말씀 않겠다면 어쩔 수 없는 일이지요. 타임 리미트는 사흘 후 오전 10시입니다. 잘 생각해 보시고 신중한 결정 부탁드립니다."

한윤철은 샤오에게도, 라우에게도 같은 식으로 은근히 으름장을 놓았다.

다들 린처럼 동요하는 눈치였다. 같은 얘기를 듣고도 아무런 변화도 보이지 않은 것은 첸이 유일했다.

하지만 첸의 안위만을 생각하는 린을 비롯한 세 사람이라면 사흘이 지나기 전에 먼저 입을 열지도 모르는 일이었다.

"이 정도면 충분하겠지?"

한윤철은 유치장을 나서며 나직이 중얼거렸다.

사흘이 지나면 어떻게 될지 모든 것이 판가름 날 것이다. 천천히 계단을 오르는 한윤철의 걸음은 그저 무겁기만 했다.

"아직도 묵비권 행사 중이냐?"

복도에서 자판기 커피를 마시고 있던 박상규가 막 지하에서 올라오는 한윤철을 발견하고는 다가가 물었다.

한윤철은 가만히 고개를 끄덕였다.

"예, 아무리 해도 질문을 아예 듣지 않는 눈칩니다. 그래도 다른 셋은 조금 흔들린 것 같습니다. 사흘 후에 석방한다고 말해뒀거든요."

"윤철이 네가 순순히 그것만 말해줬을 리가 없지. 안 그러냐?"

피식 미소를 지으며 박상규가 팔꿈치로 한윤철의 팔을 툭툭 건드렸다.

한윤철은 씁쓸한 미소를 지으며 입을 열었다.

"너무 그러지 마십쇼. 안 그래도 협박하는 거 같아서 마음에 걸리는데…… 그나저나 총장님 반응은 어떻습니까?"

"노심초사하고 있겠지. 생각 같아선 당장 내보내고 싶은데 정식 절차를 거쳐서 영장을 발부 받았으니 마음대로 할 수도 없고…… 그래도 사흘 안에 자백은 꼭 받아내야 한다. 안 그러면 증거 불충분이라고 바로 내보낼 기세니까."

"예, 알고 있습니다."

"그래. 조금만 더 힘내자."

박상규는 한윤철의 어깨를 툭툭 두드리며 격려했다. 하지만 아무래도 힘이 나지 않았다.

　아직까지 대통령과 관련된 일에 대한 결론을 내리지 못하고 있는 탓이었다.

　"저… 부장님."

　"응? 왜 그러냐?"

　자판기 커피를 홀짝이며 자신의 사무실로 돌아가던 박상규는 한윤철의 부름에 고개를 갸웃하며 돌아섰다.

　한윤철은 무어라 말을 하려다 이내 입을 다물었다.

　"사실은… 아니. 아무것도 아닙니다."

　"짜식, 싱겁긴. 내일 저녁 때 시간 좀 내라. 사건 해결도 좋지만 안색이 그게 뭐냐? 몸보신 좀 제대로 시켜 줄 테니까 기대하고 있어라."

　씨익 미소를 지으며 박상규는 돌아서서 콧노래를 흥얼거리며 자신의 사무실로 걸음을 옮기기 시작했다.

　멀어져 가는 박상규의 뒷모습을 물끄러미 바라보던 한윤철은 이내 땅이 꺼져라 긴 한숨을 내쉬었다.

　"후우우—"

＊　　　＊　　　＊

정찬혁은 어깨를 움찔하며 눈을 떴다. 갑작스러운 현기증에 잠시 정신을 잃은 모양이었다.

노숙자처럼 골목 어귀에 주저앉아 있던 정찬혁은 주섬주섬 몸을 일으켰다.

그 바람에 손아귀에 있던 대권속탄 여섯 발이 후두둑 바닥에 떨어졌다.

촤륵—!

정찬혁은 손을 뻗어 대권속탄을 주섬주섬 주머니에 주워 담았다. 조금 떨어진 곳에 부서진 권총의 잔해가 보였다.

수리해서 다시 쓸 수 있는 상태가 아니었다. 슬라이드는 반으로 쪼개져 있었고, 총열은 강한 충격을 받아 움푹 들어가 있었다. 프레임은 완전히 찌그러졌다.

부서진 권총을 집어 든 정찬혁은 개중에 다시 쓸 수 있을 만한 부품 몇 개를 주머니에 쑤셔 넣었다. 새로 만드는 것보다는 남은 부품을 재활용 하는 게 좀 더 시간이 덜 들 것 같아서였다.

부품을 적당히 챙긴 정찬혁은 천천히 주위를 둘러보았다.

권속 넷, 아니, 여섯을 상대한 현장치고는 별다른 흔적이 남아 있지는 않았다.

정찬혁은 돌아서서 천천히 걸음을 옮기기 시작했다.

그때였다.

갑자기 달빛이 사라지고 주위가 어둠으로 가득해졌다. 정찬혁은 움찔하며 걸음을 멈췄다.

천천히 고개를 들어 하늘을 보자 언제 밀려온 것인지 가득한 먹구름이 보였다. 정찬혁은 저도 모르게 어깨를 부르르 떨었다.

콰르릉! 콰쾅—

저 먼 곳에서 뇌성이 터져 나왔다. 시커먼 번개가 내리치는 것 같았다.

정찬혁은 그 자리에 선 채로 뇌성을 토해내는 어두운 하늘을 가만히 바라보았다. 순간 등줄기를 타고 머리끝까지 한줄기 소름이 쫙 돋았다.

불길한 예감.

아니, 예감이 아닌 어둠의 형상을 한 불길함이 주위 가득했다. 정찬혁은 까득 이를 악물었다.

"서, 설마……?"

저도 모르게 움켜쥔 주먹이 바르르 떨렸다. 언제 이렇게까지 정찬혁이 두려움을 느낀 적이 있었던가.

상상할 수 있는 것은 한 가지뿐이었다. 돌이 된 것처럼 굳은 채로 서 있던 정찬혁은 피가 배어나올 정도로 아랫입술을 꽉 깨물었다.

한줄기 붉은 피가 입가를 타고 주륵 흘러내렸다. 굳어 있던 몸이 그제야 움직여지기 시작했다.

정찬혁은 주머니에서 탄창을 꺼내 좀 전에 주워둔 대권속
탄 여섯 발을 장착했다.

그리곤 권총을 꺼내 마지막으로 남은 대권속탄 탄창 하나
를 장전했다.

철컥!

슬라이드를 당기자 터져 나온 낮은 격철음을 주위의 어둠
이 집어삼켰다.

정찬혁은 긴장한 얼굴로 침을 꿀꺽 삼켰다. 어느 샌가 뇌성
을 뿜어내던 먹구름이 걷혔다.

하지만 이상하게도 주위는 여전히 어두웠다. 분명 하늘에
는 달이 떠 있음에도 달빛이 닿지 않았다.

정찬혁은 온몸의 신경을 잔뜩 곤두세우고 감각을 예리하
게 가다듬었다.

무슨 일이 생겨도 즉시 반응할 수 있도록. 순간 등 뒤에서
누군가 다가오는 인기척이 느껴졌다.

정찬혁은 움찔하는가 싶더니 어느새 권총을 뽑아 들고는
다가오는 인기척을 향해 휙 돌아섰다.

"차, 찬혁 씨⋯⋯."

막 방아쇠를 당기려는 찰나, 들려온 음성은 신유진의 것이
었다. 주위 가득한 어둠은 신유진의 어렴풋한 형상만을 보여

주었다.

"여기다."

정찬혁은 그 자리에 서서 조용히 입을 열었다. 신유진이 천천히 다가왔다.

흐릿한 형상으로 보아 비틀거리는 것 같았다. 정찬혁 가까이 다가온 신유진은 이내 힘이 다한 것인지 그 자리에 풀썩 주저앉았다.

"'그'가… 올 거예요. 이제 곧……."

신유진은 신음하듯 나직이 중얼거렸다. 이미 어느 정도 짐작하고는 있는 일이었지만, 놀라지 않을 수 없었다.

이제 막 권속 모두를 쓰러뜨린 참이었다. 그런데 채 몸이 제대로 회복되기 전에 '그'를 상대해야 하다니.

하지만 달아날 수도 없는 일이었다. 주위 가득한 어둠을 무사히 빠져나갈 수 있을 것 같지 않다.

결국 이 자리에서 '그'를 쓰러뜨려야만 한다는 뜻이었다.

최악의 상황이었지만 정찬혁은 그저 무심한 얼굴로 핸드나이프를 꺼내 이리저리 휘둘러보았다.

이가 많이 빠지긴 했지만 몇 번은 쓸 수 있을 것 같았다.

"멀리 물러나 있어라. 몸을 숨길 만한 곳이 있을지는 모르겠지만."

"아뇨. 전 가지 않아요."

바들바들 몸을 떨면서도 신유진은 고개를 내저었다.

정찬혁은 자신의 앞에 주저앉은 신유진을 가만히 내려다 보았다.

"마음대로 해라. 방해만 되지 않았으면 좋겠군."

신유진은 대답 대신 가만히 고개를 끄덕였다. 이내 신유진은 천천히 몸을 일으켰다.

아직까지도 온몸이 부르르 떨려왔지만 신유진은 온 힘을 다해 쓰러지지 않고 두 다리로 버티고 섰다.

그때였다.

언제부터 있었던 것인지, 어둠의 저 너머에서 거대한 불길함 그 자체인 존재가 느껴졌다.

정찬혁은 움찔하며 저도 모르게 몇 걸음 뒤로 물러났다. 신유진도 마찬가지였다.

억지로 버티고 서긴 했지만 금방이라도 쓰러질 듯 뒤로 물러났다.

천천히 어둠이 걷히고 불길함의 존재가 모습을 드러냈다. 허리까지 내려오는 긴 흑발을 허공에 흩날리고 있는 한 사내의 모습이었다.

사내는 마치 계단을 내려오 듯 주위의 어둠을 밟으며 허공에서 천천히 바닥으로 내려섰다.

사내의 어둠을 담은 검은 눈길이 정찬혁에게로 향했다.

"네가 나의 권속들을 나에게 되돌려 보낸 자인가……? 인간이… 아니로군. 두 번, 아니, 세 번 정도 죽은 것 같은데……."

사내는 한눈에 그동안 정찬혁에게 있었던 일을 짚어냈다.

정찬혁은 온몸이 마비라도 된 듯 꼼짝도 할 수 없었다.

사내의 검은 눈길이 천천히 신유진에게로 향했다.

사내가 입꼬리를 살짝 말아 올리며 천천히 입을 열었다.

"오랜만이로구나, 딸아……."

두렵다.

혼란스럽다…….

벗어나고 싶다…….

강한 충동이 뇌리를 뒤흔들었다. 하지만 신유진은 온 힘을 다해 충동을 억눌렀다.

이 자리를 벗어났다가는 평생 후회하게 될지도 모른다는 생각 때문이었다.

다리에 힘이 풀리고 두려움에 몸이 떨렸지만 억지로 이곳에 온 것은 그 이유 때문이었다.

하지만 불길함 그 자체인 존재, 긴 흑발의 사내와 눈이 마주쳤을 때, 신유진은 이 자리에 온 것을 후회했다. 절대 있어서는 안 될 일이 벌어질 것 같았다.

이내 사내의 입이 천천히 벌어졌다.

"오랜만이로구나, 딸아⋯⋯."

딸?

지금 누굴 보고 하는 소리지?

신유진은 순간 자신이 무슨 소리를 들은 것인지 이해할 수 없었다.

하지만 사내가 깊이를 알 수 없는 어둠이 가득한 눈빛으로 자신을 가만히 바라보자 머릿속으로 꽝, 하고 천둥이 내리쳤다.

"아, 아니야! 아니라고!"

더 이상 버틸 수 없었다.

신유진은 두 손으로 귀를 막고 그 자리에 풀썩 주저앉았다. 고개를 세차게 흔들며 소리쳤다.

자신을 향한 정찬혁의 의혹에 가득 찬 시선이 느껴졌다. 신유진은 사내의 말을 믿을 수 없었다.

"거짓말⋯⋯! 거짓말이야."

하지만 그러면서도 마음 한구석에는 한줄기 희미한 의혹의 씨앗이 피어올랐다.

정찬혁을 죽음에서 끌어올린 것이 자신을 위해서인지, 아니면 정찬혁을 위해서인지 고민하던 일이 의혹의 씨앗이 되어 어느 샌가 싹을 틔우고 있었다.

거의 동시에 정찬혁에게도 뿌려진 의혹의 씨앗이 싹을 띄웠다.

세 번째의 죽음의 위기에서 다시 깨어났을 때에 꾼 꿈이 바로 그것이었다.

천사의 날개와 악마의 날개를 모두 지닌 신유진의 모습, 그저 꿈이라고 치부하고 지나치려 했지만 지워지지 않는 꿈속의 한 장면이었다.

"아니야. 그럴 리가 없어. 그럴 리가……."

피어난 의혹을 지우려 애쓰는 신유진의 얼굴은 눈물로 흠뻑 젖어 있었다. 사내는 입꼬리를 살짝 말아 올리며 천천히 입을 열었다.

"하긴… 잃어버린 네 반쪽을 찾기 위해 그걸 모아 온 것이겠지."

사내가 가만히 손을 뻗자 신유진의 재킷 주머니에 들어 있던 이블 불릿 22개가 둥실 허공을 떠올라 사내의 손 위로 날아들었다.

자신의 손바닥 위에서 빙글빙글 맴도는 이블 불릿을 가만히 바라보며 사내는 말을 이었다.

"22개라……. 아직 모자라기는 해도 이 정도면 충분히 가능하겠군. 이제 긴 꿈에서 깨어나야 할 때다. 딸아……."

말을 마친 사내가 가볍게 손을 떨치자 22개의 이블 불릿이 정찬혁과 신유진 주위로 크게 원을 그리며 틀어박혔다.

팍! 파팍—

사내는 곧장 손가락을 튕겨 검은 구슬 형태의 기운을 바닥에 틀어박힌 이블 불릿을 향해 내쏘았다.

어둠의 기운을 품은 22개의 검은 구슬이 이블 불릿과 부딪친 순간, 낮은 폭음과 함께 이블 불릿에 봉인되어 있던 악마의 기운이 폭발하듯 하늘 높이 치솟았다.

한번에 터져 나온 막대한 양의 악마의 기운은 정찬혁과 신유진, 두 사람을 한꺼번에 집어삼켰다.

*   *   *

타타탁—

정찬혁은 어둠 속을 내달리고 있었다. 자신이 왜 뛰고 있는지, 목적지는 어디인지 아무것도 알 수 없었지만 그저 달리고만 있었다.

얼마나 시간이 지났을까. 저 멀리 한줄기 빛이 정찬혁을 향해 뻗어 나왔다.

정찬혁은 곧장 자신을 비추는 빛을 향해 더욱 빨리 달려났다. 빛의 이끌림에 달려간 정찬혁은 이내 어둠 속을 빠져나올 수 있었다.

"으아앙! 엄마아―!"

정찬혁이 막 환한 빛무리를 향해 몸을 던졌을 때, 귓가에 들려온 것은 어린아이의 울음 소리였다.

천천히 눈을 뜬 정찬혁은 멍하니 자신의 눈앞에 펼쳐진 장면을 바라보았다.

쏴아아―

온몸을 차갑게 적시는 거센 빗줄기. 가드레일을 들이받고 벼랑 아래로 떨어져 흉하게 바스러진 승용차. 피투성이가 된 채 눈물을 흘리며 부서진 승용차에 다가가는 한 어린 소년.

정찬혁의 기억에 있는 과거의 한순간이었다.

정찬혁은 도대체 무슨 일이 벌어진 것인지 알 수 없었다. 어째서 이런 괴로운 기억을 다시 떠올려야 한단 말인가.

이내 부서진 승용차가 불이 붙어 타오르기 시작했다. 울먹이며 차에 다가오는 아이를 필사적으로 막는 어머니의 외침이 귓가에 생생하게 들려왔다. 그리고.

펑! 퍼펑!

아이가 물러나자 기다렸다는 듯 터져 나오는 폭발음. 정찬혁은 저도 모르게 폭발하는 승용차로 달려들며 소리쳤다.

"어머니―!"

거센 불길이 정찬혁을 집어삼킨 순간, 주위가 크게 일렁이더니, 장소가 순식간에 바뀌었다. 이번에는 호텔 객실처럼 보이는 곳이었다.

"당신이 누군지 모르겠지만 그는 내 소중한 친구요. 절대 그럴 수 없소이다."

등 뒤에서 들려온 음성에 정찬혁은 천천히 고개를 돌렸다. 휠체어에 앉아 있는 첸이 길게 드리운 커튼 뒤에 몸을 숨기고 있는 인영을 부릅뜬 눈으로 쳐다보고 있었다.

"그 아이는 나의 것이다. 죽음에서 일어나, 나에게 사역할 운명이다. 하찮은 인간이 운명을 거역할 수는 없는 일이지."

커튼 뒤에서 이 세상의 것이라 할 수 없는 기괴한 음성이 조용히 흘러나왔다.

첸은 두려움에 가득한 얼굴로 거세게 고개를 내저었다.

"절대……. 절대로 그럴 수 없소. 어찌 그 아이를……!"

순간 눈치채지 못한 사이에 커튼 뒤의 인영이 첸의 바로 귓가에 다가와 무어라 나직이 속삭였다.

인영의 모습은 길게 드리워진 그림자에 가려져 제대로 보이지 않았다.

인영의 나직한 속삭임에 첸의 눈이 찢어져라 크게 치켜떠졌다.

무슨 소리를 들은 것인지 첸은 한동안 아무런 말도 하지 못하고 몸을 부들부들 떨고만 있었다. 치켜뜬 눈은 실핏줄이 터져 붉게 물들어갔다.

어느새 원래 있던 커튼 뒤로 돌아온 인영이 물었다.

"어떤가?"

사지를 사시나무 떨 듯 부르르 떨고 있던 첸은 떼어지지 않는 입술을 억지로 벌렸다.

"…아, 알겠소. 시키는 대로… 시키는 대로 하리다."

"좋다. 그러면 다음에 또 때가 오면 찾아오겠다."

그 말과 함께 커튼 뒤의 인영은 사라진 듯 보였다. 첸은 바르르 떨리는 두 손으로 얼굴을 감싸 쥐고 오열했다.

"미, 미안하구나. 미안해. 부디 날 용서 말거라, 찬혁아……."

이미 사라진 줄 알았던 인영이 커튼 사이로 모습을 드러내 오열하는 첸을 가만히 지켜보고 있었다.

창가로 흘러드는 달빛이 서서히 인영의 모습을 비추었다. 반쪽의 검은 날개를 지닌 신유진의 모습이었다.

이내 신유진은 스륵 하며 모습을 감췄다.

언제부터 놓여 있었던 것인지 울부짖는 첸의 앞에는 푸른 빛을 띤 청옥이 박혀 있는 반지 하나가 놓여 있었다.

"이, 이게 대체……?"

자신이 모르는 과거의 한순간을 본 정찬혁은 온통 혼란에 빠져 있었다. 자신이 본 것이 사실이라면 자신을 둘러싼 모든 사건의 원흉은 바로 신유진이라는 것이었다.

다시 한 번 주변이 크게 일렁이더니 장소가 또 바뀌었다. 이번에도 호텔처럼 보였다.

휠체어에 앉아 선잠을 자고 있던 첸이 갑작스러운 휴대폰 진동음에 눈을 떴다.

휴대폰을 집어 든 첸의 낯빛이 어두워졌다. 손이 부르르 떨리는 것을 보니 받고 싶지 않은 것 같았다.

"받아라."

갑작스레 들려온 기괴한 음성에 첸은 어깨를 움찔했다. 어느 샌가 나타난 정체불명의 인영이 첸의 뒤에 있었다.

첸은 차마 돌아보지 못하고 파르르 떨리는 입술을 억지로 떼어냈다.

"오, 오늘이 그날인 거요?"

"크크크."

인영의 차가운 웃음소리가 들려왔다. 첸은 무언가에 홀린 것처럼 전화를 받았다.

"찬혁이냐?"

그날이었다.

부모님의 원수가 첸이라는 것을 알게 된 그날 있었던, 정찬혁이 알지 못하는 한순간의 일이었다.

첸이 전화를 받아 들자 검은 인영은 천천히 돌아서며 반쪽의 검은 날개를 활짝 펼치며 천천히 벽을 통해 사라졌다.

짧은 순간, 전화를 받고 있는 첸을 힐끗 쳐다본 인영의 얼굴은 역시나, 신유진의 것이었다.

정찬혁은 믿어지지 않는 듯 망연자실한 얼굴로 전화를 받고 있는 첸과 신유진이 사라진 벽을 번갈아 바라보았다.

순간 배수구에 물이 빠져나가듯 갑자기 주위가 소용돌이치기 시작했다.

눈앞이 빙글빙글 돌고 도저히 제대로 서 있을 수가 없었다.

정찬혁은 아무런 저항도 하지 못하고 소용돌이에 휩쓸려 바닥에 난 커다란 구멍 속으로 빨려들어가 버렸다.

"이, 이럴 수가……."

신유진은 정찬혁이 본 것과 같은 과거의 기억을 짙은 어둠 속에 떠오른 커다란 빛의 구체를 통해 바라보고 있었다.

하지만 도저히 믿을 수가 없었다. 자신이 처음부터 정찬혁의 운명을 제멋대로 휘둘렀다니.

"이제 알겠느냐? 서로 다른 반쪽의 운명, 그것이 바로 네 참 모습이다. 딸아… 그동안 네가 했던 일은 반쪽이 아닌 온전한 하나가 되기 위한 일이었다. 비록 각각의 반쪽이 서로 다른 의지를 가져 일이 복잡하게 된 것이지."

자신의 눈앞에 펼쳐진 과거를 애써 부정하는 신유진의 귓가에 음울한 울림을 지닌 사내의 음성이 흘러들었다.

신유진의 머릿속에서 두 종류의 음성이 서로 격렬히 부딪치고 싸우기 시작했다.

아무것도 듣고 싶지 않았다.

아무것도 알고 싶지 않았다.

어째서 이런 것들 때문에 자신이 괴로워해야 하는 것일까.

신유진은 그 자리에 주저앉아 왈칵 눈물을 터뜨리며 비명을 질렀다.

"아니야! 이건 내가 아니야아—!"

신유진의 영혼의 비명이 터져 나온 순간, 주위를 감싼 어둠이 유리가 깨지는 듯, 조각조각 깨져 나가기 시작했다.

챙— 콰칭—!

＊   ＊   ＊

"아니야…… 모두 거짓말이야……."

신유진은 엎드려 머리를 감싸 쥔 채 오열했다. 믿을 수 없는 일이었지만 모두 사실이었다.

부정하려 애써 보았지만, 진실은 잔인하리만치 참혹했다. 눈물이 멈추지 않았다.

자신의 모든 것이 부정당한 것이나 마찬가지였다.

아니, 이곳에 신유진이라는 존재는 이미 사라진 것이나 마찬가지였다.

툭! 투두둑─!

무언가 가죽을 찢고 나오는 소리가 터져 나왔다. 엎드려 오열하는 신유진의 등이 크게 부풀어 오르며 두 장의 날개가 솟아났다.

눈부시도록 새하얀 순백의 날개와 깊고 깊은 밤을 닮은 칠흑의 날개.

상반된 두 개의 날개가 활짝 펼쳐졌다. 하지만 이내 힘을 잃고 그대로 축 처졌다.

기운을 다한 것인지 오열하던 신유진은 그대로 힘없이 늘어져 혼절해 버렸다.

긴 흑발의 사내, '그'는 신유진을 향해 손을 뻗었다.

손끝을 타고 '어둠'이 흘러나와 신유진의 몸을 감쌌다.

신유진의 몸이 허공으로 둥실 떠올랐다.

사내가 손짓하자 신유진의 몸이 천천히 움직여 그에게로 다가갔다.

신유진이 가까워지자 사내는 두 팔을 활짝 펼쳤다.

신유진의 몸을 감싸고 있던 어둠이 순식간에 사내의 몸속으로 흩어졌다.

축 늘어진 신유진의 몸은 그대로 활짝 펼쳐진 사내의 두 팔로 떨어졌다.

신유진은 가볍게 안아든 사내가 천천히 입을 열었다.

"그것이 거짓으로 가려진 너의 진실이다, 나의 딸이
여……"

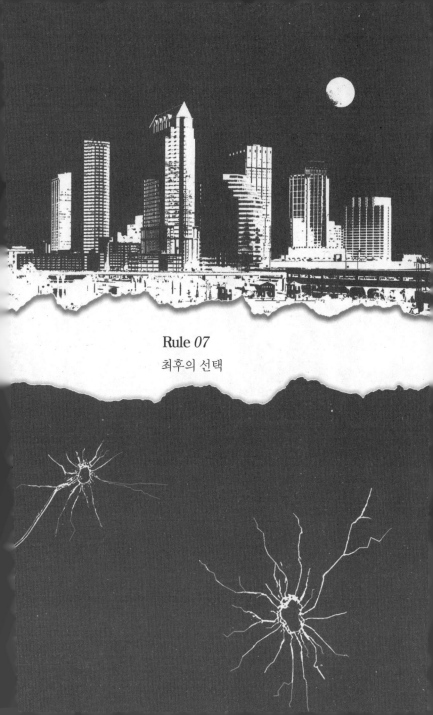

Rule *07*

최후의 선택

정찬혁은 붉게 충혈 된 눈으로 자신의 눈앞에 둥실 떠오른
신유진을 바라보았다.

아주 오래전부터 철저히 자신의 운명을 농락해 온 장본인
이 바로 신유진이었다니. 믿을 수 없는 일이었다.

하지만 사실이었다. 자신의 본능이, 모든 감각이 그렇게 말
해주고 있었다.

자신의 진정한 원수는 첸이 아니라, 바로 신유진이었다.

첸이 부모님을 죽게 한 장본인이라는 것을 알게 되었을 때
에도, 원수의 손발이 되어 살아온 자신의 삶을 후회하고, 저

주했다.

지금도 그때와 다르지 않았다. 몇 번이고 복수를 위한 일념으로 죽음에서 되돌아왔으면서도 원수를 눈앞에 두고도 알아보지 못했다.

아니, 알아보기는커녕 원수의 손과 발이 되어 지내오지 않았던가.

"으, 으으……! 으아아아아—!"

영혼이 갈가리 찢기는 것 같은 괴로움과 함께 가슴 깊숙한 곳에서 터져 나오는 절규가 주위를 뒤흔들었다.

막 신유진을 안아든 '그'는 흥미롭다는 듯, 정찬혁을 바라보았다. 어둠의 족쇄에 얽매여 있는 정찬혁이 그것을 벗어나려고 미친 듯 몸부림치고 있었다.

"그 정도로는 어둠의 족쇄를 풀 수 없다. 어리석은 내 딸의 권속이여."

하지만 정찬혁에게는 아무런 소리도 들리지 않았다. 시뻘건 피눈물이 쏟아졌다.

당장에라도 이 어둠의 족쇄를 벗어던지고 신유진을 갈가리 찢어 짓밟아 버리고 싶었다. 어느 누구도 그것을 막을 수는 없을 것이다.

"아아아아아—!"

피가 왈칵 터져 나올 정도로 정찬혁은 날카로운 절규를 쏟아냈다.

어둠의 족쇄를 풀기 위해 몸부림치는 몸이 타오르듯 붉게 달아올랐다.

금방이라도 터질 듯 핏줄이 돋아났다. 핏발이 선 눈에서는 피눈물이 쏟아졌다. 부러져라 악문 이 사이에서 피가 쉬지 않고 흘러나왔다.

"어리석은……."

조용히 중얼거리던 '그'는 이내 천천히 돌아섰다. 정찬혁에게는 이제 아무런 관심도 없었다.

어차피 그냥 내버려 둬도 몇 시간 채 지나지 않아 저절로 사라질 생명이었다.

행운에 행운을 거듭해 몇 번의 죽음에서 되돌아온 것이 치명타였다.

소모된 생명력은 더 이상 회복될 수 없었다. 심지가 얼마 남지 않은 양초와도 같았다.

저렇게 몸부림치다가 그대로 소멸해 버릴 터였다. '그'는 주위 가득한 어둠을 천천히 계단처럼 밟아 올라갔다. '그'가 다섯 걸음째를 내딛는 순간.

"크아아아─!"

툭! 투두둑!

날카로운 외침과 함께 질긴 쇠가죽이 찢어지는 소리가 터져 나왔다.

"거기… 서라……!"

뒤이어 들려오는 정찬혁의 쥐어 짜내는 듯한 음성에 '그'는 걸음을 멈췄다. 그리곤 10여 미터 높이의 허공에 신유진을 가만히 내려놓은 채 천천히 돌아섰다.

정찬혁이 금방이라도 터져 나갈 듯 시뻘게진 얼굴로 거친 숨을 몰아쉬고 있었다.

'그'의 눈썹이 꿈틀했다. 다 꺼져 가는 심지 같은 정찬혁이 어둠의 족쇄를 스스로의 힘으로 풀어내다니. 있을 수 없는 일이었다.

"네놈……."

'그'는 정찬혁을 가만히 노려보았다. 있을 수 없는 일은, 있어서는 안 되는 일이라는 것과 마찬가지였다.

그것을 해낸 정찬혁은 사라져야 했다. 그 존재를 완전히 지워 버려야 했다.

"거기 서라……!"

장찬혁은 금방이라도 쓰러질 듯 비틀 거리며 천천히 '그'에게 다가갔다. 허공에 떠 있던 그가 천천히 바닥으로 내려앉았다.

'그'는 인상을 찌푸린 채 정찬혁에게 손을 뻗었다. 펼쳐진 다섯 손가락에서 '어둠'이 뻗어 나와 정찬혁을 덮쳤다.

픽! 퍼퍼픽!

둔탁한 타격음이 터져 나왔다. 정찬혁은 피할 생각도 하지 못하고 온몸으로 '어둠'을 받아냈다.

묵직한 타격에 뱃속이 뒤집히고, 온몸이 으스러질 것만 같았다.

파칵―!

날아든 어둠은 정찬혁의 몸을 강하게 후려치는 것에 그치지 않았다.

어느새 날카로운 창이 되어 정찬혁의 몸을 무자비하게 꿰뚫었다.

"큭!"

피가 터져 나오고 살점이 허공을 날았다. 정찬혁은 고통에 찬 짧은 신음을 토해내며 왈칵 피를 토해냈다.

어둠의 창이 목덜미 부근을 꿰뚫은 탓인지 피거품이 쉬지 않고 터져 나왔다.

쓰러지려는 정찬혁의 몸을 지탱한 것은 복부를 꿰뚫은 어둠의 창이었다.

어둠의 창 끄트머리를 바닥에 꽂은 채 정찬혁은 쓰러지지 않고 두 다리로 버텼다.

"버러지 같은 놈."

'그'가 나직이 중얼거리며 손을 떨치자 정찬혁의 몸을 꿰뚫은 어둠의 창이 손끝으로 되돌아갔다.

몸에 생겨난 커다란 구멍에서 검붉은 피가 쉬지 않고 쏟아져 나왔다. 정찬혁은 버티지 못하고 풀썩 무릎을 꿇었다.

어둠의 창에 관통 당한 두 팔이 축 늘어졌다. 하지만 정찬혁은 오른손에 쥔 권총을 놓지 않았다.

대량의 출혈로 눈앞이 침침했다. '그'의 모습이 흐릿하게 보였다. 정찬혁은 바르르 떨리는 손을 억지로 들어 올렸다. 총구가 '그'에게 향했다.

"크읏! 어디 한번 쏴 봐라. 피하지 않을 테니."

'그'는 입꼬리를 말아 올리며 총구를 피하지 않고 가슴을 내밀었다.

정찬혁은 가늘게 실눈을 뜨고 흐릿해져 가는 '그'를 똑바로 바라보았다.

순간 '그'의 심장 부근이 선명해졌다. 정찬혁은 망설이지 않고 방아쇠를 당겼다.

타앙—!

한 발의 총성이 울려 퍼졌다. 생각 같아서는 계속 방아쇠를 당기고 싶었지만 권총의 반동을 버틸 수가 없었다.

제대로 힘이 들어가지 않아 팔이 한차례 크게 튀어 오른 후 힘없이 축 늘어졌다.

총구를 벗어난 대권속탄은 정확히 '그'의 심장을 향해 날아들었다.

하지만 심장을 꿰뚫지 못하고 바로 앞에서 고속의 회전을 하며 멈춰 섰다. 마치 이블 불릿을 숙주의 미간에 쏘았을 때처럼.

피피핑—

한참을 '그'의 심장 앞에서 회전하던 대권속탄은 그대로 바닥에 툭 떨어졌다.

정찬혁은 다시 한 번 힘을 다해 총구를 들어 올렸다. '그'는 얼마든지 해보라는 듯 그 자리에서 꼼짝도 않고 있었다.

권총을 든 팔에 난 굵은 관통상이 아주 조금은 나은 것인지 그나마 손아귀 힘이 보통 사람 정도의 수준으로 회복되었다.

팔 힘도 마찬가지. 하지만 출혈 때문에 여전히 시야가 흐릿했다.

총구를 들어 올린 정찬혁은 다시 '그'의 심장을 겨눴다. 눈을 질끈 감았다가 뜨자 흐릿하던 시야가 순간 선명해졌다. 정찬혁은 그대로 방아쇠를 당겼다.

타앙—

한 발.

타아앙—

또 한 발.

타탕—!

또 한 발.

채 1초도 되지 않은 사이에 정찬혁은 다섯 번의 방아쇠를 당겼다.

처음 쏜 대권속탄이 심장 앞에서 멈춰 섰다. 두 번째로 쏜 탄환은 정확히 처음과 같은 궤도로 날아가 멈춰 선 대권속탄에 부딪쳤다.

쾅—

낮은 파열음과 함께 세 번째, 네 번째, 그리고 마지막 다섯 번째의 대권속탄이 모두 한 점에 집중되어 폭발했다.

스아악—

대권속탄에 깃든 기운이 안개처럼 퍼져 나갔다. '그'의 몸을 보호하고 있는 어둠의 장막이 허연 김을 뿜어내며 녹아내리기 시작했다.

치이익—

그게 전부였다. 대권속탄의 연이은 폭발은 어둠의 장막을 조금 녹였을 뿐, '그'에게는 눈곱만큼의 피해도 주지 못했다. 하지만 '그'의 얼굴은 크게 일그러졌다.

고작 정찬혁 따위의 벌레만도 못한 자가 자신의 어둠의 장막을 녹여 버렸다는 것을 용납할 수 없었다.

'그'는 으드득 이를 악물고는 노기를 억누른 낮은 음성을 토해냈다.

"네놈 따위가 감히……!"

촤아악—

'그'의 분노로 인한 엄청난 어둠이 온몸에서 뿜어져 나와 정찬혁을 덮쳤다.

정찬혁은 자신을 향해 날아드는 거대한 어둠을 그저 멍하니 바라보았다.

정찬혁을 집어삼킨 어둠은 온몸의 뼈를 바스러뜨리고, 근육을 찢고 살을 헤집었다.

와득! 우드득! 빠드득!

섬뜩한 파골음이 쉬지 않고 계속 터져 나왔다.

어둠의 압박을 버티지 못한 왼쪽 다리가 무릎 아래로 짓이 겨져서 피떡이 되어 떨어져 나갔다.

왼팔도 팔꿈치부터 그 아래가 가루가 되어 찢겨 나갔다.

"크으으……. 크아아아……!"

정찬혁은 고통에 찬 비명을 토해냈다. 으스러진 늑골이 폐와 심장을 찔러왔다. 호흡이 제대로 이어지지 않았다.

정찬혁은 꺽꺽, 대며 피를 토해냈다. 토해내는 핏속에 붉은 살점 조각들과 바스러진 뼛조각이 함께 섞여 나왔다.

마치 거대한 육식동물이 먹이를 씹는 것처럼 어둠은 정찬혁의 온몸을 마구 유린했다.

온몸이 부서지고 찢겨 나가는 통증에도 정찬혁은 제 의식을 유지하고 있었다.

다른 곳은 몰라도 권총을 쥐고 있는 오른팔만큼은 무사해야 한다.

그런 생각으로 정찬혁은 거대한 육식동물의 입속에서 몸을 억지로 이리 뒤틀고, 저리 뒤틀고 있었다.

한참의 시간이 지나 오른팔을 제외한 온몸의 뼈가 연체동물의 그것처럼 흐물흐물해졌을 때에야 어둠은 정찬혁의 몸을 뱉어냈다.

사람의 형상이 아닌 그저 고깃덩이가 되어버린 정찬혁은 실 끊어진 연처럼 그대로 바닥에 툭 떨어졌다.

정찬혁을 집어삼켰던 어둠은 순식간에 '그'의 몸속으로 빨려 들어갔다. '그'는 바닥에 쓰러져 있는 고깃덩이, 정찬혁에게 천천히 다가갔다.

"이런 꼴을 하고도 아직 살아 있다니. 게다가 의식까지 멀쩡히 유지를 해? 다 꺼져 가는 생명이라고 하기에는 꽤나 심줄이 질기군."

'그'는 천천히 발을 들어 정찬혁의 머리를 가만히 눌렀다. 그저 살짝 누르는 것뿐인데도 정찬혁은 두개골이 으깨지는 것 같은 통증이 느껴졌다.

눈과 코, 귀, 입 등 얼굴에 있는 모든 구멍에서 피가 터져 나왔다.

'그'가 조금만 더 힘을 준다면 정찬혁의 머리는 방망이로 내려친 수박처럼 박살 나버릴 터였다.

하지만 정찬혁은 마지막의 마지막 순간까지 포기하지 않았다.

온몸의 뼈가 모두 바스러졌지만 온 힘을 다해 남겨둔 오른팔이 꿈틀거렸다. 권총을 쥔 손이 천천히 '그'를 향해 다가갔다.

"으, 으으……."

미세한 움직임에도 온몸에 통증이 느껴졌다. 정찬혁은 낮은 신음을 흘리며 조금씩, 아주 조금씩 '그'를 향해 권총을 쥔 손을 옮겨갔다.

"아직도 저항할 기운이 남은 건가? 대단하군. 하지만……."

얼마 지나지 않아 '그'도 정찬혁의 오른손이 자신을 향해 움직이고 있는 것을 발견했다.

바퀴벌레보다도 질긴 정찬혁의 끈질김에 '그'는 짐짓 감탄했다.

하지만 이제 버러지와 놀아주는 것도 지루했다. '그'는 수도를 만들어 어둠으로 감싸 세상 어느 것보다 날카로운 칼날을 만들었다.

"이제 끝내도록 하지."

'그'는 천천히 어둠의 칼날이 날카롭게 솟아난 수도를 천천히 들어 올렸다. 그리곤 조금의 망설임도 없이 정찬혁의 심장을 향해 내려쳤다

그리고…….

"으, 으음……."

혼절한 신유진은 낮은 신음을 흘리며 서서히 깨어났다.

무슨 일이 있었던 것인지 금방 떠오르지 않아 신유진은 멍한 눈으로 주위를 둘러보았다.

잠시 후 자신이 허공에 떠 있는 것을 알게 된 신유진은 화들짝 놀라며 벌떡 몸을 일으켰다.

신유진의 몸을 받치고 있던 어둠이 마치 아지랑이처럼 일렁였다.

머리가 깨질 듯 아팠지만 조금씩 자신이 혼절하기 전의 기억이 나기 시작했다.

하지만 여전히 믿을 수 없는 일이었다. 자신이 정찬혁을 둘러싼 모든 일을 꾸민 원흉이었다니. 잊고 있던 눈물이 주륵 흘러내렸다.

그때였다.

눈물범벅이 되어 흐릿해진 신유진의 시야에 피투성이가 된 정찬혁을 짓밟은 채로 날카로운 어둠의 칼날을 내려치려

고 손을 들어 올리는 '그'의 모습이 눈에 들어왔다.

아버지.

'그'는 바로 자신의 아버지였다. 어찌해야 할지 머릿속이 복잡했다.

어둠의 칼날이 그대로 정찬혁에게 떨어져 내리자, 신유진은 저도 모르게 크게 소리치며 그대로 정찬혁을 향해 내쏘듯 떨어져 내렸다.

"안 돼애애애애―!"

*   *   *

늦은 밤이었지만 잠이 오지 않았다.

첸은 휠체어에 올라탄 채, 멍하니 불 꺼진 어두운 천장을 바라보았다.

한윤철이 말했던 사흘의 유예기간 중 마지막 날이 조용히 지나고 있었다.

지금까지 아무런 증언도 하지 않았으니 내일 아침이 되면 증거불충분으로 석방될 것이다.

아마도 구룡회의, 아니, 시앙 로우위가 보낸 암살자가 곧 자신을 죽음으로 인도하게 될 것이다.

삶에 대한 미련은 없었다. 걸리는 것이라고는 단 하나, 자신 때문에 운명을 조롱당해야 했던 정찬혁 뿐이었다.

정찬혁과 그 가족에게는 몇 번을 죽음으로써 사죄해도 첸이 저지른 죄가 사라지지 않을 것이다. 죽음 후에도 영원이 따라올 영혼의 빚이었다.

"잘 지내고 있는 게냐, 찬혁아?"

나직이 중얼거리며 첸은 자신의 오른손 약지에 있는 반지를 힐끗 쳐다보았다.

푸른빛을 뿜어내는 쌀알만 한 크기의 청옥이 박혀 있는 반지였다.

정찬혁의 운명이 처음 어긋나게 만들기 직전에 신인지 악마인지, 남자인지 여자인지 정체를 알 수 없는 누군가에게 받은 반지였다.

누군가의 목숨이 끊어지면 청옥의 푸른빛이 잿빛으로 바랄 거라고 그가 지나가듯 말했었다. 아마도 누군가는 정찬혁을 가리키는 것이리라.

첸은 습관적으로 반지의 청옥을 가만히 쓰다듬었다. 청명한 가을 하늘을 닮은 푸른빛이 어둠속에서도 뚜렷이 보일 정도였다.

그런데.

"이, 이럴……!"

첸은 억눌린 신음을 뱉어냈다.

첸이 엄지로 반지를 살짝 쓰다듬고 지나친 순간, 청옥이 뿜어내던 푸른빛은 잦아들고 흐릿한 잿빛으로 변해 버렸다.

아무리 문질러 보아도 다시 푸른빛을 발하지는 않았다.

"아, 안 돼……. 찬혁아! 안 돼……."

눈물이 주룩 흘러내렸다.

첸은 신음하듯 중얼거리며 고개를 숙였다. 눈물이 멈추지 않았다.

자신 때문에 모든 것을 잃은 정찬혁은 결국 목숨까지도 빼앗겨 버린 것이다.

미안하다는 말만으로는 사무쳐 오르는 죄의식을 감출 수 없었다.

한참을 그 자리에서 슬픔의 눈물을 흘리던 첸은 무언가를 결심한 듯 눈물을 닦으며 천천히 유치장 입구로 다가가 철창을 두드렸다.

"아무도 없소? 내 꼭 해야 할 말이 있으니 한윤철 검사를 불러주시오! 밖에 아무도 없는 거요?"

"하아……. 내일 10시면 다 끝나는 건가?"

한윤철은 거푸 한숨을 내쉬었다.

온몸의 기운이 절로 쫙 빠져나가 허탈감이 느껴졌다. 지난 수년간 집요하게 쫓아오던 사건의 해결이 임박했다.

하지만 가장 중요한 마지막 열쇠인 첸의 자백을 도저히 받아낼 수 없었다.

이대로 날이 밝아 오전 10시가 되면 사건은 영원이 미궁에 빠지게 될 것이다.

이런 기회는 두 번 다시 오지 않을 것은 불 보듯 뻔한 일이었다. 생각만 해도 잠이 오지 않았다.

첸이 모르쇠로 일관하자 대통령과 구룡회의 관계에 대한 것은 더 이상 고민이 되지 않았다.

오로지 첸의 자백을 받아내는 것만으로 머릿속이 가득 찰 지경이었으니.

한윤철은 이리 뒤척, 저리 뒤척거리며 연신 한숨을 뱉어냈다.

그때였다.

갑작스레 울리는 휴대폰 진동음에 한윤철은 튕기듯 벌떡 일어나 전화를 받았다.

"여보세요? 예, 예. 뭐라고요! 그게 정말입니까? 지금 당장 절 보자고 했다고요? 예, 알겠습니다. 지금 당장 갈 테니까 조금만 기다리라고 전해 주십시오!"

전화를 끊은 한윤철은 부랴부랴 옷을 구겨 입고는 곧장 달려나가 차에 올랐다.

두 평 남짓한 취조실에서 한윤철은 가만히 자신의 앞에 있는 첸을 바라보았다.

몇 시간 전에 보았을 때보다 이상하게도 훨씬 주름이 깊게 패고 나이 들어 보였다.

한윤철은 조심스레 말을 걸었다.

"저한테 하실 말씀이 있다고 들었습니다. 혹시……."

"그렇소. 다 말하겠소."

"내일이면 풀려나실 텐데 어째서 생각이 바뀌신 겁니까?"

"빚을 남겨두지 않기 위해서요."

"빚?"

한윤철이 고개를 갸웃했지만 첸은 그 이상 다른 설명은 하지 않았다.

"펜과 종이를 주시겠소? 기억을 더듬는데 도움이 될 것 같으니 말이오."

"물론입니다. 이 뒷면에 쓰시면 되고, 펜은… 여기 있습니다."

한윤철은 이면지 한 장과 자신의 품속에서 볼펜 하나를 꺼내 첸에게 건넸다.

볼펜은 받아든 첸은 한윤철에게 보이지 않게 무언가를 슥슥 쓰면서 입을 열었다.

"한 가지 조건이 있소."

"뭡니까?"

"내가 모두 증언할 테니 나와 함께 있던 아이들은 그냥 풀어주시지 않겠소? 어차피 그 아이들은 나를 호위한 것뿐 자세한 건 아무것도 모른다오."

한윤철은 잠시 고민하는 듯하더니 이내 흔쾌히 고개를 끄덕였다.

"알겠습니다. 그 정도는 제 권한 내에서 가능할 것 같군요."

"고맙소이다."

"아닙니다. 그럼 이제 시작해 볼까요? 죄송합니다만 혹시 모를 일이니 녹음도 함께 진행하겠습니다."

"그러시구려."

한윤철은 품속에서 소형 녹음기를 꺼내 녹음버튼을 눌러 탁자에 내려놓았다. 그리곤 자료 몇 개를 꺼내 들고는 조용히 말했다.

"그러면 구룡회와 재단법인 진용의 관계부터 시작해 볼까요?"

"그건 다들 웬만큼 알고 있지 않소?"

"워밍업입니다, 워밍업."

한윤철은 씨익 미소를 지었다.

한윤철의 미소에 첸은 왠지 모르게 조금은 마음이 가벼워지는 것 같았다.

쳰은 고개를 끄덕이며 천천히 이야기를 시작했다.

"구룡회가 처음부터 한국 진출을 노린 것은 아니었다
오……."

딸칵!

한 면에 1시간 정도 녹음할 수 있는 테이프가 다 닳을 때까
지 쳰은 재단법인 진용의 설립에 얽힌 이야기를 했다.

한윤철은 테이프를 뒤집으며 화제를 전환했다.

"진용 설립에 대한 건 그 정도면 충분할 것 같습니다. 그러
면 본격적으로 시작해 보겠습니다. 우선 지난번에 보여드렸
던 이 자료, 기억하시죠? 진위 여부부터 말씀해 주시겠습니
까?"

쳰은 자료를 대충 훑어보고는 대답 대신 고개를 끄덕였다.
한윤철은 짐짓 심각한 얼굴로 말을 이었다.

"사실 이 자료는 증거로 쓸 수 없습니다. 그 때문에 쳰 카
이후, 당신의 증언이 필요했던 거지요. 당시의 사정을 자세히
설명해 주실 수 있겠습니까? 그리고 혹시 물증으로 남겨둔 장
부 같은 건 없습니까?"

한윤철의 질문에 쳰은 볼펜을 쉬지 않고 놀리며 천천히 입
을 열었다.

"긴 이야기를 했더니 목이 마르구려. 물 좀 주시겠소?"

한 시간이 넘도록 쉬지 않고 이야기를 한 탓에 첸은 입안이 바짝 말라 있었다.

한윤철은 혹시나 첸이 마음이 바뀌지는 않을까 노심초사하며 반쯤 열린 취조실 문 밖을 향해 소리쳤다.

"여기 물 좀 가져다주십시오."

이내 누군가가 반쯤 남은 생수병을 가져왔다. 한윤철은 어깨너머로 내민 생수병을 받아 들고는 첸에게 건넸다.

목이 많이 말랐던 것인지 첸은 단숨에 벌컥벌컥 물을 마셨다.

가만히 첸이 물을 다 마시기를 기다리던 한윤철은 조심스레 반응을 떠봤다.

"말씀해 주실 수 있겠지요?"

"그 일은 다시 진용 설립 초기부터 시작해야겠구려. 알다시피 진용을 설립하던 당시에는… 우욱!"

천천히 이야기를 하려던 첸은 갑자기 입을 막고는 구역질을 하기 시작했다.

당황한 한윤철이 벌떡 일어나 첸의 등을 조심스레 탁탁 두드렸다.

"괜찮으십니까?"

하지만.

"쿠, 쿨럭! 쿨럭!"

첸은 눈을 허옇게 까뒤집으면서 왈칵 피를 토해내기 시작했다.

취조실 바닥이 흥건히 젖을 정도로 피를 토해낸 첸은 그대로 스륵 힘없이 피 웅덩이 위로 쓰러져 버렸다.

전혀 예상 밖의 상황에 당황한 한윤철은 급히 쓰러진 첸을 안아 일으켜 호흡을 확인했다.

"이, 이런……!"

하지만 이미 첸은 숨이 끊어진 후였다. 첸이 마신 물에 독극물이 섞여 있었을 거라는 추측은 짧은 시간에 쉽게 할 수 있었다. 그런데 대체 누가?

그러고 보니 물을 건네 준 것이 누군지 보지 못했다. 한윤철은 혀를 차며 벌떡 일어나 취조실 문을 박차고 달려나왔다.

샤워를 하고 나오는 당직 근무자가 피투성이가 된 한윤철을 보고 놀란 눈으로 물었다.

"뭐, 뭐야 한 검사? 그 꼴은?"

"혹시 나오시다가 낯선 사람 못 봤습니까, 윤 검사님?"

윤 검사는 고개를 절레절레 흔들었다.

"낯선 사람은 무슨……. 대검에 함부로 들어올 사람이 어디 있다고. 근데 어디 다친 거 아니지?"

한윤철은 윤 검사의 질문은 들리지도 않는지 빠드득 이를 악물며 복도 좌우를 두리번거렸다.

대체 무슨 일인지 어리둥절해하던 윤 검사는 취조실 바닥에서 흘러나오는 피를 발견하고는 화들짝 놀라 소리쳤다.

"으힉! 뭐, 뭐야 저건!"

"젠장……!"

한윤철은 혀를 차며 취조실로 돌아갔다. 그 뒤를 조심스레 따르던 윤 검사가 흘끔흘끔 안을 들여다보다가 첸의 시체를 발견했다.

"어억! 이, 이거 뭐야? 혹시 죽은 거냐?"

한윤철은 아무런 대답도 하지 않고 망연한 얼굴로 첸의 시체를 바라보았다.

문득 죽기 전까지 첸이 무언가를 휘갈겨 쓰고 있던 피 묻은 종이가 눈에 들어왔다.

천천히 취조실 안으로 걸어 들어간 한윤철은 종이를 집어 들었다.

여기저기 쓰여 있는 수많은 한자 사이에 눈에 띄는 것이 있었다.

125. 224, 13, 41

숫자 11개의 나열이었다. 그런데 주위에 쓰여 있는 다른 한자들과는 달리 숫자 주위에는 원이 몇 개나 그려져 있었다.

얼핏 보기에 IP주소 같은 것으로 보였다. 마태진에게 보여주면 될 거라는 생각을 하며 한윤철은 피 묻은 종이를 안주머니에 쑤셔 넣었다.

"이봐, 한 검사. 이게 어떻게 된 일이야? 당장 비상연락 돌려야겠지?"

"부탁드립니다, 선배님. 저는 곧장 보안실로 가서 CCTV 확보해 놓겠습니다."

윤 검사의 대답도 듣지 않고 한윤철은 그대로 후다닥 보안실을 향해 달려나갔다.

어쩌면 이런 일이 생길지도 모른다고 미리 예상하지 못한 자신의 어리석음을 탓하며.

'젠장……!'

*　　　*　　　*

푸카악―

섬뜩한 파육음과 함께 피가 터져 나왔다.

마지막 순간 질끈 눈을 감았던 정찬혁은 무언가 자신의 몸을 덮고 있다는 느낌에 천천히 눈을 떴다.

눈물을 흘리며 자신을 끌어안고 있는 신유진의 모습이 눈에 들어왔다.

"쿠, 쿨럭! 괘, 괜찮아요, 찬혁 씨……?"

신유진은 왈칵 피를 토해내며 희미한 미소를 지었다. 정찬혁은 아무런 대답도 하지 못했다. 그저 의혹의 눈빛으로 신유진을 바라보았을 뿐.

'그'의 어둠의 칼날이 정찬혁의 목덜미를 향해 날아드는 찰나, 둘 사이로 뛰어든 신유진이 그것을 등으로 받은 것이다.

칠흑의 날개가 반쯤 찢어지고, 순백의 날개가 붉게 물들었다. 피에 젖은 깃털이 사방으로 흩날렸다.

'그'는 살짝 인상을 찌푸리며 신유진의 등에 틀어박힌 어둠의 칼날을 뽑아냈다.

신유진은 지독한 통증에 절로 허리를 활처럼 크게 휘었다. 분수처럼 피가 터져 나와 사방을 적셨다.

"아직도 선택하지 못한 거냐, 어리석은 딸아……. 그러면 내가 선택을 해주마."

죽어가는 신유진을 경멸의 눈빛으로 내려다보던 '그'는 천천히 손을 뻗어 반쯤 찢어진 칠흑의 날개를 맨손으로 잡았다.

우드득! 콰득!

"까아악—!"

'그'는 그대로 칠흑의 날개를 뿌리째 뽑아버렸다. 신유진은 신체의 일부가 뜯겨져 나가는 지독한 통증에 비명을 질러 댔다.

이내 신유진의 피로 바닥이 홍건하게 물들었다. 신유진은 버티지 못하고 그대로 스륵 정찬혁의 옆에 쓰러졌다.

그러면서도 신유진은 정찬혁을 바라보며 하염없이 눈물을 쏟았다.

"미, 미안해요……."

두근!

"미안해요, 차, 찬혁 씨……."

두근!

서서히 죽어가는 신유진과 눈이 마주치자 심장이 뛰었다.

천천히 뛰던 심장 박동은 이내 펌프질을 하듯 미친 듯 뛰기 시작했다.

심장 부근에 남아 있는 검은 흔적은 어느새 권총을 쥔 오른팔로 밀려들었다.

갑자기 오른손에 감당할 수 없을 만큼 엄청난 기운이 솟아났다.

'그'는 맨손으로 뽑아버린 신유진의 칠흑의 날개를 자신의 어둠으로 집어삼켰다. 그리곤 다시 정찬혁에게로 시선을 돌렸다.

"덕분에 명줄이 조금 늘었구나. 곧 네 주인의 곁으로 보내주마."

'그'의 손끝에 다시 어둠의 칼날이 맺혔다. '그'는 그대로 곧장 어둠의 칼날을 정찬혁을 향해 뻗었다.

정찬혁은 눈 하나 깜짝 하지 않고 천천히 총구를 들어 올렸다. 총구는 정확히 '그'의 심장으로 향해 있었다.

'한 발……. 단 한 발이면 족하다.'

정찬혁은 속으로 나직이 중얼거리며 오른팔에 남아 있는 모든 기운을 총구에 집중했다.

쐐애액—

날카로운 파공성과 함께 어둠의 칼날은 곧장 정찬혁의 목덜미를 향해 날아들었다.

어둠의 칼날이 막 정찬혁의 목에 닿으려는 찰나, 정찬혁의 검지가 방아쇠를 당겼다.

타아앙—

길게 울리는 한 발의 총성.

남아 있는 모든 힘과, 증오, 염원이 담긴 단 한 발의 총탄이 '그'의 심장을 향해 날아들었다.

그리고.

쩌엉—

무언가 박살 나는 소리와 함께 '그'의 몸을 감싸고 있던 어둠의 장막이 깨졌다.

날아든 총탄은 그것으로 멈추지 않고 그대로 '그'의 심장을 꿰뚫어 버렸다.

"크, 크아악!"

'그'의 입에서 처음으로 고통에 찬 비명이 터져 나왔다. 생전 처음 느껴보는 심장이 타들어가는 고통에 '그'는 비틀거리며 뒷걸음질 쳤다.

쉬이익—

심장에 난 구멍에서 검은 연기가 뿜어져 나왔다.

'그'에게서 비롯된 권속들을 소멸시킬 수 있었던 대권속탄이었다. '그'에게 통하지 않을 리가 없었다.

고통에 찬 비명을 질러대는 '그'의 형상이 점점 희미해지기 시작했다. 몸을 구성하고 있는 어둠이 흩어지고 있다는 뜻이었다.

어둠의 장막이 완전히 사라지자 '그'는 다른 권속들이 소멸되었던 것처럼 온몸이 부글부글 끓으며 서서히 녹아내리기 시작했다.

"크아악! 내, 내가! 내가 한낱 망자 따위에게……! 크아아악!"

한줄기 긴 비명의 메아리만을 남기고 '그'는 어둠 속으로 흔적도 없이 사라져 버렸다.

가득하던 어둠이 어느새 걷히고 희미한 달빛이 주위를 비췄다.

아직까지도 권총을 들고 있던 정찬혁은 그대로 힘없이 손을 떨어뜨렸다.

천천히 고개를 옆으로 돌리자 반쯤 눈을 감고 있는 신유진의 모습이 눈에 들어왔다.

신유진은 여전히 눈물을 흘리고 있었다. 정찬혁과 눈이 마주치자 신유진은 거의 들리지 않는 작은 목소리로 말했다.

"날… 쏴요, 찬혁 씨……."

예상치 못한 말에 정찬혁은 어깨를 움찔했다. 머릿속이 복잡했다.

신유진이 자신의 진정한 원수라는 것을 알게 되었을 때에는 당장에라도 갈기갈기 찢어버리고 싶었다.

하지만 자신을 위해 목숨을 내던지고, 하염없이 슬퍼하는 모습에 어느 것이 진짜인지 알 수 없을 지경이었다.

"그, 그게 나의 속죄… 그러니 쏴요."

다시 들려온 신유진의 음성에 정찬혁은 저도 모르게 총구를 들어 올렸다.

자신에게 총구가 향하자 신유진은 눈물을 흘리면서도 미소를 지었다. 세상 그 어느 것보다도 아름다운 미소였다.

정찬혁은 예의 무표정한 얼굴로 방아쇠에 걸린 검지에 힘을 줬다.

타앙—

쓸쓸한 울림을 지닌 총성이었다.

힘이 다한 정찬혁의 손에서 권총이 스륵 미끄러지듯 떨어
졌다.

정찬혁은 반쯤 감긴 눈으로 희미한 달빛과 별빛으로 가득
한 밤하늘을 바라보았다. 저 멀리서 누군가 빨리 오라고 손짓
하는 것 같았다.

'아버지… 어머니……'

정찬혁은 그대로 스륵 두 눈을 감았다.

무표정하기만 하던 정찬혁의 얼굴에는 이제껏 볼 수 없었
던 밝은 미소가 지어져 있었다.

"아하하! 아빠, 빨리 와, 빨리!"

"찬혁아, 조심해! 다친다니까?"

"뭐하는 거야? 엄마도 빨리 와! 여기야, 여기!"

Epilogue : Rule Break

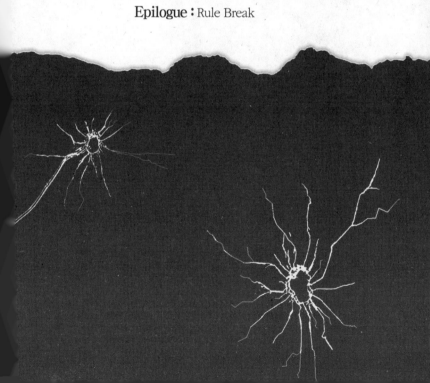

첸이 남긴 의문의 숫자는 역시 생각했던 대로 네트워크 서버의 IP주소였다.

마태진을 거칠 것도 없이 대검찰청 내의 사이버 팀에 부탁해 서버에 접속한 한윤철은 재단법인 진용의 설립 단계에서부터 있었던 구룡회와 한국의 정재계, 고위 관직자들 간의 은밀한 커넥션이 낱낱이 기록된 비밀 장부를 얻을 수 있었다.

워낙 수많은 주요 인사가 얽혀 있는 터라 일각에서는 장부의 신빙성을 의심하는 자들도 있었지만, 린과 샤오, 그리고 라우의 추가 증언으로 모두 사실임이 밝혀졌다.

사방에서 사건을 축소하라는 압박이 들어왔지만 한윤철은 묵묵히 증거자료를 수집한 끝에 모든 사실을 언론에 공개했다.

검찰총장에 현직 대통령까지 연루된, 대한민국 건국 사상 최대의 정치 스캔들은 처음 수사결과를 발표한 후, 거의 1년이 지나도록 언론에서 언급되었다.

윤준식은 국회의 탄핵 이후 임기를 채우지 못하고 하야(下野)한 유일한 직선제 대통령으로 기록되었다.

사건을 발표하고 수습하는 과정에서 부장검사 박상규는 한 단계 승진을 해 차장검사가 되었고, 한윤철은 권력사회에 환멸을 느끼고 대검찰청을 박차고 나가 유명 로펌의 팀장급 변호사가 되었다.

린과 샤오, 그리고 라우는 재판 이후, 직접 가담한 흔적을 찾을 수 없다고 해 증거 불충분으로 무죄 방면되었다.

한윤철에게서 첸의 죽음을 전해 들은 세 사람은 모종의 계획을 세우고 홍콩으로 되돌아갔다.

대검철청 내부에서 벌어진 첸의 독살 사건은 한윤철의 끈질긴 추적에도 불구, 결국 범인을 잡지 못한 미제 사건으로 남게 되었다.

그리고 3년이라는 세월이 빠르게 흘러갔다.

"아, 거참 형님은 왜 하필 이런 날에 저녁 약속을 잡아가지고."

한윤철은 투덜거리며 머리를 뒤덮은 눈을 털어냈다.

갑작스레 쏟아지는 폭설로 사람들은 저마다 손으로 머리를 가리고 빠른 걸음으로 주위를 오가고 있었다.

한윤철은 허연 입김을 뿜어내며 연신 구시렁댔다.

"도대체 얼마나 으리으리한 곳에 가려고 이렇게 사람을 추위에 떨게 만드는 거야? 이거야 원, 마누라 없는 사람은 서러워서 살겠나?"

매번 약속시간을 조금씩 어기는 박상규였지만 오늘은 해도 너무하다는 생각을 하며 한윤철은 슬그머니 카페의 지붕 아래로 다가갔다.

알바생들이 오가며 흘끔흘끔 눈치를 주기는 했지만 한윤철은 아랑곳하지 않고 그 자리에서 박상규를 기다렸다.

"여어, 윤철아!"

10여 분이 더 지나서야 박상규가 가족과 함께 나타났다. 연신 투덜거리던 한윤철은 이내 히죽 미소를 지으며 다가갔다.

"어이구, 참 일찍도 오십니다. 형수님, 그동안 안녕하셨어요?"

"네, 한 검, 아니, 한 변호사님도 잘 지내셨죠?"

"물론이죠. 그나저나 형수님은 매번 뵐 때마다 예뻐지시는 것 같습니다. 우리 승윤이, 하림이도 잘 있었어?"

"네 삼촌!"

한윤철은 박상규의 두 아이를 양손에 번쩍 들어 올렸다. 그리곤 박상규에게 면박을 주며 걸음을 옮기기 시작했다.

"그래. 어디 얼마나 대단한 식당인지 가봅시다, 형님. 앞장서 십쇼."

"오냐. 가자 이 자식아."

박상규가 고개를 끄덕이며 걸음을 옮기기 시작했다.

한윤철은 두 아이를 품에 안고 미끄러지지 않게 조심스레 걸음을 옮겨갔다.

한참 걸음을 옮기던 중, 사내아이가 눈을 가리는 바람에 한윤철은 맞은편에서 걸어오던 한 사내와 어깨를 부딪쳤다.

"어이쿠! 죄송합니다."

살짝 비틀 했지만 이내 균형을 잡은 한윤철은 꾸벅 사과를 했다.

한윤철과 어깨를 부딪친 사내는 그리 눈에 띄지 않는 더벅머리에 뿔테 안경을 쓰고 5㎏짜리 원두커피 봉투를 품에 안고 있었다.

뿔테 안경 사내는 한윤철의 사과에 무표정한 얼굴로 까닥 인사를 하고는 그대로 스쳐 지나쳤다.

하지만 한윤철은 그 자리에 멈춰 선 채 멀어져 가는 뿔테 안경 사내의 뒷모습을 물끄러미 바라보았다.

"삼촌, 안 가?"

계집아이가 고개를 갸웃하며 물었다. 한윤철은 이내 돌아서서 걸음을 옮기기 시작했다.

"아, 아냐. 가고 있잖아."

하지만 한윤철은 걸음을 옮기면서도 이상하게 자꾸 힐끗힐끗 뒤를 쳐다보았다.

사내와 마주한 짧은 순간, 뿔테 안경 속에 가려져 있던 눈빛이 어디선가 본 듯 익숙하게 느껴진 탓이었다.

한윤철은 고개를 갸웃하며 나직이 중얼거렸다.

"어디서 봤더라……?"

인간으로 태어나 짐승으로 살았다.

짐승으로 죽었으나 괴물이 되었다.

하지만 마지막 순간에는 오로지 인간으로서 죽었다.

그리고…….

『짐승의 규칙』 완결

후기

본격 좀비 총격 액션 판타지 '짐승의 규칙'!

드디어 끝났습니다.

어째 장르가 굉장히 난해해진 느낌인데요……. 사실 이번 글 '짐승의 규칙'은 남들과는 조금 다른 현대판타지를 써보자! 는 생각으로 시작한 글입니다.

그러다 보니 글 분위기나 흐름이 묘하게 흘러간 감이 없잖아 있긴 합니다만. 독자 여러분은 어떻게 느끼셨을지…….

사실 기획 중에 떠올린 아이디어 중에는 1권에서의 하드보일드 느와르 분위기를 끝까지 이어가는 찐한 복수극이라거나, 타깃이 된 여성을 사랑하게 된 킬러의 순애보 등도 있었지만 분량이 극단적으로 짧아질 거라는 단점 때문에 아쉽게도 탈락했었지요.

애초에 '짐승의 규칙' 자체도 그리 길게 기획된 글이 아니었으니까요. 여하튼 거의 머릿속으로 구상한 분량 내에서 마무리를 지은 것 같아 만족입니다.

'완결' 이라는 두 글자를 쓰는 지금, 만감이 교차하는군요. 종이책으로는 여섯 번째, E—book 연재까지 합치면 통산 일곱 번째 완결입니다.

참 부지런히도 달려왔다는 생각이 문득 듭니다. 물론 앞으로도 계속 능력이 되는 한, 독자 여러분과 함께 달리고 싶습니다.

물론 재미있는 글은 덤이죠, 덤.

어쨌든 그동안 함께해 준 문우(文友)들과 딥다크한 글을 편집하느라 고생하신 담당 편집자 박은정님과 청어람 출판사

편집부 여러분께 심심한 감사의 인사를 올립니다.

끝까지 함께해 주신 독자 여러분께도 감사를 전합니다.

차기작은 최대한 빠른 시일 내에 독자 여러분께 선보일 수 있도록 노력하겠습니다.

그럼 기대하시고 기다려 주시길…….

불초 글쟁이 천성민 拜上

이포두

노주일 新무협 장편 소설
FANTASTIC ORIENTAL HEROES

청어람이 발굴한 신인 「노주일」
그가 선사하는 즐거운 이야기!

내 나이 방년 스물셋. 대륙을 휘몰아치는 전쟁에서
간신히 살아남아 고향으로 돌아왔다.
사실 전쟁은 이미 이기고 지는 건 문제도 아니었다.
단지 전후 협상만이 탁상공론으로 오고 갔을 뿐.
하지만 전쟁터에서는 항시 사람이 죽어 나갔다.
이유도 알지 못한 채 그냥.
그러던 차에 전후 협상처리가 되고 나서 전역했다.
그리고는 곧장 뒤도 돌아보지 않고 고향으로!

『이포두』

내 가족과 내 친구가 있는 곳으로!

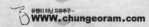

魔 in 화산

FANTASTIC ORIENTAL HEROES

용훈 新무협 판타지 소설

무림공적, 천살마군 염세악!
검신 한호에게 잡혀 화산에 갇힌 지 백 년.

와신상담… 절치부심… 복수무한…

세월은 이 모든 것을 잊게 하고
세상마저 그를 잊게 만들었다.
하지만.

"허면 어르신 함자가 어찌 되시는지……."
우연한 만남, 자신도 모르게 튀어나온 원수의 이름.
"그게… 한, 한호일세."

허무함의 끝에서 예기치 않게 꼬인 행로.
화산파 안[in]의 절세마인, 염세악의 선택!

Book Publishing CHUNGEORAM

유행이 아닌 자유추구 —
WWW.chungeoram.com

FUSION FANTASTIC STORY
활문전 장편 소설

화려한 귀환

머나먼 이계의 끝에서
다시 돌아온 남자의 귀환기!

『화려한 귀환』

장점이라고는 없던 열등생으로 태어나,
학교에서 당하는 괴롭힘을 버티지 못하고
자살이라는 극단적인 선택을 하게 된 남자, 현성.

"돌아왔다…… 원래의 세계로!"

이계에서 죽음을 맞이하게 된 현성은
자신을 죽음으로 내몰았던 현실 세계로 돌아오게 된다!

고된 아픔들, 그리웠던 기억들.
모든 것을 되살리며 이제 다시 태어나리라!

좌절을 딛고 일어나 다시 돌아온
한 남자의 화려한 이야기!
이보다 더 『화려한 귀환』은 없다!

Book Publishing CHUNGEORAM

FUSION FANTASTIC STORY
건(建) 장편 소설

컨트롤러

Controller

세상에게 당한 슬픔,
약자를 위해 정의가 되리라!

『컨트롤러』

부모님의 억울한 죽음.
더러운 세상에 희롱당해
무참히 희생당한 고통에 분노한다!

"독하게… 살아가리라!"

우연한 기회를 통해 받은 다른 차원의 힘.
억울함에 사무친 현성의 새로운 무기가 된다.

냉정한 이 세상을 한탄하며,
힘조차 없는 약자를 대변하고자
내가 새로운 정의로 나서겠다!

Book Publishing CHUNGEORAM

유행이 아닌 자유추구 -
WWW. chungeoram.com